맹탐정 고민 상담소

이선주 장편소설

문학동네

| 차례 |

사건의 냄새

이번 사건을 정리하려니 솔직히 내가 탐정이 아니라 조수가 된 느낌이다. 셜록은 추리만 할 뿐 잡일이나 기록은 왓슨이 한다. 나는 추리뿐만 아니라 의뢰인 모집과 만남, 미행과 자료 조사, 게다가 기록까지 직접 다 한다. 만약 셜록이 살아서 돌아온다면 이런 나를 보고 무릎을 꿇고 형님, 할 것이다. 그럼 난 손을 내저으며 친한 척하지 마세요, 라고 할 것이다. 아무리 셜록이라도 보자마자 친한 척하는 무례는 참을 수 없다.

그러고 보면 남들보다 뛰어난 재능을 가지고 있다는 건 참 힘든 일이다. 엄마는 내가 가진 건 재능이 아니라 오지랖이라고 하지만, 엄마는 원래 사람 볼 줄을 모른다. 아빠랑 결혼한 것만 봐도 알 수 있다.

내가 초등학생일 때 세탁기 통 안에 떨어진 엄마의 지갑을 찾아 준 이후로 나는 다른 사람들이 곤란을 겪으면 해결해 줘야 한다는 사명감에 사로잡혀 있다. 왜냐하면 그런 일을 해결할 사람은 애초에 몇 명 되지 않기 때문이다. 엄마는 내가 세탁기 안에서 지갑을 찾은 건 우연이라고 하지만 그건 모르고 하는 소리다. 엄마가 지갑을 잃어버렸다고 말했을 때 할머니와 맹똘이는 차에 놓고 왔겠지, 했지만 나는 단박에 알았다. 세탁기 안에 있다는 것을!

그날 오후 친구 모임에 다녀온 엄마는 현관에 들어서면서부터 코트에 음료수를 쏟았다며 바로 세탁실로 직행했다. 엄마가 세탁실에서 나올 때엔 손에 아무것도 들려 있지 않았다. 그리고 역시나 세탁기 통 안에 엄마의 빨간 지갑이 들어 있었다. 내 추리가 맞은 것이다. 그런데 어떻게 이게 우연인가?

아참, 여기서 말하는 맹똘이는 내 동생이다. 나이는 여덟 살이고 진짜 이름은 맹승현이다. 엄마가 맨날 똘똘하다고 똘이라고 불러서 나도 맹똘이라고 부른다. 그러고 보면 엄마는 역시 하수다. 똘이에 맹을 붙이면 맹하다는 건지 똘똘하다는 건지 누가 알까?

아빠는 맹똘이가 태어나자마자 자아를 찾겠다며 집을 나갔다. 진짜다. 아빠는 진짜로 교과서에 나오는 그 '자아'를 찾으러 나갔다. 그리고 영영 돌아오지 않았다면 다행이었겠지만 1년에 한두 번씩 집에 찾아온다. 그럴 때마다 엄마도 나도 기분이 좋지 않다.

맹똘이만 좋아서 헤헤거린다.

아빠 이야기를 하는 데 내 소중한 시간을 너무 많이 썼다. 본론으로 들어가서, 오늘도 엄마는 내가 '윤미 핸드폰 분실 사건'을 해결한 게 우연이라고 했다. 내 노트를 몰래 보고 하는 말이다. 그러면서 나처럼 열심히 몸을 쓰면 해결하지 못할 일도 없다나. 세상에서 내가 제일 듣기 싫어하는 말 첫 번째는 머리는 나쁘지만 노력한다는 말이고, 두 번째는 귀엽다는 말이다.

"머리는 나쁜데 얼마나 부지런히 움직이는지, 어떨 때 보면 귀여워요."

아까 엄마가 카페 손님에게 한 말이다. 나는 너무 화가 나 저녁도 먹지 않았다.

맹승지 탐정, 줄여서 맹탐정이 처음 이 사건의 냄새를 맡은 건 지지난 주 일요일이다. 잠깐, 왜 자신을 삼인칭으로 부르지? 하는 사람도 있을 것이다. 이건 독자에 대한 예의다. 나는 사건을 보다 객관적인 입장에서 서술하고 싶다. 그러므로 여기에 나오는 나의 깜짝 놀랄 추리 실력 또한 과장됨이 하나도 없음을 미리 밝힌다.

맹탐정의 엄마는 전통카페를 운영한다. 말이 전통카페지 커피부터 코코아까지 없는 게 없다. 엄마가 말하는 전통이란 이곳에서 삼대째 살고 있으니 전통이 있다는 뜻이라는데, 할머니가 운영했던 건 카페가 아니라 밥집이다. 정해진 메뉴는 없고 그날그날 할머니의 기분 따라 김치찌개도 팔았다 두부전골도 팔았다 소불고기도 팔았다 했다고 한다. 손님이 오늘 뭐예요? 하고 외치면 할머니가 돼지국밥, 하는 식이다. 칼칼한 거 먹고 싶었는데, 하고 손님이 말하면 할머니는 고춧가루 넣어 먹어! 했단다. 물론 진짜인지는 모른다.

할머니는 뻥이 심하다. 할머니가 아빠를 키울 때 쌀이 딱 한 주먹밖에 남아 있지 않았는데 솥에 넣고 기도를 했더니 솥이 넘치도록 밥이 되었다고 한 적이 있는데 아빠에게 물었더니, 네 할머니 거짓말할 사람 아니다! 하고 말했다. 그렇게 짝짜꿍이 잘 맞았는데 아빠가 할머니를 두고 집을 나간 것이다. 아빠 편을 들 줄 알았던 할머니는 자신의 유일한 재산인 밥집 건물을 헐고 3층짜리 건물을 지어 엄마와 공동 명의로 했다. 엄마는 자신까지 자식 버리고 나갈까 봐 할머니가 수를 쓴 것이라며 빙긋이 웃었다. 그럴 생각 없었는데 건물까지 받았으니 자신이 진정한 승자라나 뭐라나.

어쨌든 3층은 우리가 살고 2층은 세를 주고 1층에서는 엄마가 카페를 운영하기 시작했다. 단골손님 말로는 맛도 맛이지만 오래 있어도 눈치를 주지 않으니 자주 찾게 된다고 한다. 게다가 엄마는 손님이 심심할 틈을 안 주고 말을 한다. 그리하여 엄마가 운영하는 '명품전통카페'는 동네의 사랑방 역할을 하고 있다. 아주 작은 마을이니 누군가의 비밀이 카페를 한번 통과하고 나면 반나절

이 지나기도 전에 온 동네에 소문이 난다.

맹탐정이 사는 산이군은 바다와 면해 있기는 하나 관광업이나 어업과는 무관하다. 마을 사람들 대부분이 인근에 있는 공장에서 일하거나 농사를 짓고 가게를 운영한다. 작은 마을이라 서로의 사정을 속속들이 공유할 수밖에 없다. 어떤 이들은 이런 분위기가 싫다며 떠나기도 하고 어떤 이들은 이런 게 사람 사는 맛이라고 하는데, 맹탐정의 엄마가 바로 후자이다.

맹탐정으로 말할 것 같으면 탐정으로 유명해져서 얼른 이 마을을 떠나는 게 인생의 목표인 중학교 1학년이다. 맹탐정이 다니는 중학교는 각 학년마다 한 반밖에 없다. 이마저도 학생 수가 계속 줄어 걱정이다.

너네 커피는 마셔 봤냐

"또 없어졌대!"

이 말이 '윤미 핸드폰 분실 사건'의 시초이다. 카페의 단골손님이자 명문학원의 안주인인 황 여사가 카페에 들어오더니 대뜸 엄마를 향해 푸념을 했다. 그때 맹탐정은 카페 귀퉁이에서 수학 문제집을 펴 놓은 채 핸드폰으로 강다니엘 사진을 보고 있었기 때문에 이 이야기를 고스란히 들을 수 있었다.

"사 주면 뭐 해? 잃어버리고 잃어버리고 또 잃어버리는데. 대체 왜 그렇게 덜렁대는지."

"윤미가? 말도 안 돼. 윤미가 덜렁거리는 성격이면 쟤는 뭐 덜떨어졌게."

엄마가 또 맹탐정을 걸고 넘어졌다. 맹탐정이 핸드폰을 든 채 엄마를 쳐다봤다.

"봐라, 봐라, 저 눈. 왜, 엄마가 틀린 말 했어?"

"아휴, 그러지 마. 아무리 농담이라도 승지 상처받아."

"참, 그래서 윤미는 핸드폰 다시 산 거야?"

황 여사가 고개를 끄덕이며 "그럼 어떡해. 그냥 다니라고 할 수도 없고." 했다. 엄마가 황 여사 앞에 아메리카노 한 잔을 내려놓으면서 "원장님 돈 잘 버는데 무슨 걱정이야." 했다. 황 여사 남편이 운영하는 명문학원은 지역 내 딱 두 개 있는 수학 학원 중에 하나이다. 수학 학원에 다니는 애들 대부분이 이곳에 다닌다고 보면 된다.

"겉에서 보기에나 그렇지 우리도 팍팍해."

"그래도 자기는 나가서 돈 벌 필요 없잖아."

"요새는 재능 있어서 자기 손으로 먹고사는 게 최고야. 난 우리 윤미 꼭 그렇게 키울 거야."

원장님은 실력은 있지만 성격이 괴팍하다고 소문이 자자했다. 아마 황 여사도 맞춰 주기 여간 힘든 게 아닐 것이다. 나는, 아니 맹탐정은 안 듣는 척 그들의 이야기를 들으며 마을에 일어나고 있는 일들을 수집했다.

탐정에게 있어서 모든 정보는 사건 해결의 실마리다. 지난번 사건을 예로 들자면, 학교 끝나고 카페에 가는 길에 세탁소를 운영하는 김 씨가 손님과 실랑이를 하고 있는 걸 봤다. 김 씨는 손님에게 코트를 줬다고 했고 손님은 찾아간 적이 없다고 했다. 그 손님은 정육점을 운영하는 정 씨의 아내다. 맹탐정은 정 씨가 카페에 와서 아내가 동창회에 그 명품 코트를 입고 가서 돈 많이 벌었다며 한바탕 시샘을 받고 왔다고 자랑한 일을 기억했다. 그때가 김 씨와 실랑이를 하기 전이었다.

맹탐정이 이 사실을 세탁소 김 씨에게 슬쩍 말했고 김 씨가 정육점에 찾아가 언성을 높였다. 알고 봤더니 동창회에 입고 갔다 와서 다시 세탁소에 맡기려고 큰 봉투에 넣어 놨던 걸 깜빡했다는 것이다. 정 씨의 아내는 맡기려고 생각만 했던 걸 진짜 맡긴 걸로 착각했고, 나중에 옷방에서 큰 봉투를 발견했지만 그때는 이미 감정이 상할 대로 상한 상태여서 정정하기가 그랬다고 한다.

김 씨는 맹탐정에게 교복 세탁을 2회 무료로 해 주겠다고 했고, 얘기를 들은 맹탐정의 엄마는 으이구 진상아, 너 때문에 손님 떨어진다, 하고 퉁을 주었다.

하여간 맹탐정은 그날 황 여사의 딸인 윤미가 세 달 사이에 핸드폰을 벌써 두 번이나 잃어버렸고 또 새로 핸드폰을 샀다는 사실을 알게 됐다. 황 여사는 윤미가 칠칠치 못하다고 했지만 맹탐정이 아는 윤미는 그렇지 않았다. 우선 윤미에 대해 소개하자면, 윤미는 현재 초등학교 5학년이며 맹탐정과 같은 피아노 학원에 다닌다. 동네에서도 종종 마주치는데 그때마다 윤미는 수줍은 얼굴로 언니, 안녕하세요, 하고 지나간다. 말하는 입매, 조용한 목소리, 간결한 인사말로 봤을 때 윤미는 깍쟁이면 깍쟁이지 덜렁대는 성격은 아니다.

맹탐정은 윤미가 핸드폰을 한 번도 아니고 두 번이나 잃어버린 건 누군가의 계획적인 범행이라고 확신하고 정보 탐색에 들어갔다. 우선 맹탐정은 피아노 학원에서 윤미를 관찰했다. 윤미는 정아와 꼭 붙어 다녔고 간혹 맹탐정이랑 같은 학년인 용우와도 이야기를 나눴다.

학원 수업을 마치고 윤미가 정아와 나서는데 그쪽을 빤히 보던 용우도 갈 준비를 했다. 윤미의 손에는 새로 샀다는 핸드폰이 들려 있었다. 맹탐정은 모자와 마스크를 쓰고 미행할 준비를 했다. 엄마는 맹탐정이 마스크와 모자를 챙길 때마다 으이구, 광고를 해라, 하고 말한다.

"가뜩이나 의뢰인 모집하기도 힘든데 공짜로 광고하면 좋지. 엄마, 악플보다 무서운 게 무플이라고. 광고가 얼마나 중요한데."

"너 그래서 의뢰받은 적 있냐? 아무도 너한테 의뢰한 적 없는데 네가 엿듣고 다니는 거 아니야? 지난번 세탁소 사건도 그래. 네가 그래 놓고 나서 정육점 사람들이 우리 카페에 오는 줄 알아?"

"엄마, 나는 정의 구현을 한 거야!"

이렇게 항변했지만 엄마는 맹탐정 등 뒤로 혀를 찼더랬다.

피아노 학원을 나선 윤미와 정아가 포장마차에 들어갔다. 맹탐정도 따라 들어갔다. 미행이란 건 원래 몰래 하는 것이지만 어차피 정체가 알려진 상대라면 우연히 만난 척하는 게 낫다. 윤미가 떡볶이와 순대를 주문하는 순간 윤미의 가방에서 드르르르 하는 소리가 들렸다. 핸드폰 진동이었다. 윤미가 낮게 어휴, 한숨을 내쉬었다.

맹탐정은 그러거나 말거나 "순대 주세요, 염통 많이 주세요."라고 외쳤다. 맹탐정의 순대가 나올 때쯤 용우가 포장마차로 들어왔다.

"안녕."

"너 또 탐정놀이 하냐?"

"놀이 아니거든?"

맹탐정은 고래를 절레절레 흔들고는 염통을 집어 들었다. 염통은 입 짧은 맹탐정이 좋아하는 몇 안 되는 음식이다.

"아줌마, 염통 너무 적어요."

"염통 찾는 사람들이 한둘인 줄 알아? 1인분에 맞게 준 거야."

맹탐정이 투덜거리며 염통을 집어 먹는데 또다시 드르르르 핸드폰 진동이 울렸다. 누구나 알 수 있을 정도로 소리가 큰데도 도무지 받을 생각을 안 했다.

"좀 받아라."

맹탐정이 쫄깃한 염통을 씹으면서 말했다. 그때 윤미가 울상을 짓더니 "언니, 미안해요." 했다. 윤미를 곤란하게 할 의도는 아니었기 때문에 맹탐정은 괜히 미안해져서 "그게 아니라 염통 먹는 데 방해돼서."라고 덧붙였다.

"돼지냐?"

용우가 신경질적인 반응을 보였다. 맹탐정은 속이 상해 염통만 얼른 집어 먹고는 포장마차를 나왔다. 그때 뒤에서 "그럼 너 그냥 가야겠네?" 하는 소리가 들렸다. 정아의 목소리였다. 그제야 맹탐정은 자신이 지금 미행 중이었다는 사실을 깨달았다. 그놈의 염통 때문이다!

포장마차 뒤에 살짝 숨어 귀 기울였는데 "정말 지겨워 죽겠어."라는 목소리가 흘러나왔다. 윤미는 끝내 전화를 받지 않았다.

카페로 향하던 맹탐정이 가만 멈춰 서서는 아, 하는 짧은 탄식을 뱉어 냈다. 맹탐정의 발걸음이 점점 빨라졌다. 카페에 도착하니 윤미 엄마인 황 여사가 와 있었다.

"피아노 학원 갔다 오니?"

맹탐정이 고개를 끄덕이니 황 여사가 "윤미 봤겠네?" 했다. 맹탐정이 고개를 끄덕이고는 "윤미 인기 많죠?" 했다.

"왜? 학원에서 누가 쫓아다녀?"

"아니, 그게 아니라, 윤미 엄청 예쁘잖아요."

황 여사가 씩 웃으면서 "머리는 우 원장 닮았어도 얼굴은 나 판박이야. 자기야, 알지? 나 젊을 때 어땠는지?" 하며 엄마에게 눈웃음을 쳤다. 엄마가 살짝 웃으면서 "알지, 그럼. 자기가 원장님이랑 결혼한다고 했을 때 눈물 흘린 남자들 많을걸?" 했다.

맹탐정이 보기에 그 정도는 아니었지만 엄마는 원래 웬만하면 좋다고 하는 사람이니까 그러려니 했다. 생각하다 보니 그런 사람이 맹탐정에게는 왜 그렇게 박한지 모르겠다.

"아참 이럴 때가 아니지. 윤미 집에 도착할 시간이네." 하면서 황 여사가 일어났다.

맹탐정은 고개를 꾸벅 숙이고 '맹탐정 사무소'라고 표시해 놓은 자리에 가서 앉았다. 그리고 맹탐정 노트에 적었다.

스토커

아까 포장마차에서 나오면서 불현듯 든 생각이 이거였다. 맹탐정이 순대 염통을 먹는 내내 윤미의 핸드폰으로 전화가 왔는데 윤미는 전화를 한 번도 받지 않았을뿐더러 전화가 올 때마다 얼굴이 파래졌다. 싫어하는 누군가가 전화를 한 것이다. 그 순간 용우가 학원에서부터 포장마차까지 따라왔던 게 떠올랐다. 용우다!

그런데 그렇기 때문에 또 용우는 아닌 것이다. 포장마차에 같이 있었는데 어떻게 용우가 윤미에게 전화를 걸었을까. 맹탐정은 포장마차에서 용우의 행동을 떠올려 보려고 애썼지만 머릿속에는 온통 염통 먹었던 기억밖에는 없었다. 그놈의 염통 때문에 되는 일이 하나도 없다.

윤미는 스토커의 전화에 시달린다.

용우는 내내 윤미만 바라봤고, 윤미가 학원을 나가자 따라나섰다.

용우는 포장마차까지 윤미를 따라왔는데 그때도 전화가 울렸다.

그렇기 때문에 윤미는 용우가 스토커라고 생각하지 않는다.

고도의 교란작전?

노트에 생각을 정리하던 맹탐정은 자리에서 일어나 엄마를 불렀다.

"엄마! 보온병에 생강차 좀 담아 줘!"

엄마가 걱정스러운 얼굴로 "감기 걸렸어?" 했다. 맨날 투닥거려도 맹탐정이 아프면 가장 걱정해 주는 건 역시 엄마다.

"윤미가 감기 걸린 것 같더라고. 가져다주고 올게."

"어구 어구 진짜, 그놈의 오지랖은. 윤미네 엄마가 어련히 알아서 해 줄까."

"엄마가 끓인 생강차가 맛있으니까 그렇지."

맹탐정은 아직 추리 단계인 사건을 말할 수 없어 이렇게 둘러댔다. 엄마가 보온병에 생강차를 담아 주자 맹탐정은 마스크를 쓰고 카페를 나섰다.

윤미는 최근에 지어진 두 동짜리 아파트에 산다. 101동과 102동이 있는데 정아는 101동에, 윤미는 102동에 산다. 1년에 한두 번 놀러 오는 이모는 이런 촌구석에 무슨 새 아파트야, 라면서 무시했지만 그건 이 아파트 입주 경쟁률이 얼마나 치열했는지 모르고 하는 소리다. 아파트 당첨자 발표 날에는 어른들의 얼굴에 희비가 교차했다. 아무리 시골이라도 대한민국 아파트 광풍에서 벗어날 수는 없는 법이다.

102동 입구에 서서 윤미네 집 번호를 눌렀다. 황 여사가 어머 이게 누구야, 하더니 문을 열어 줬다. 들어가서 보니 황 여사는 저녁 식사를 준비하고 있었다.

"엄마가 생강차 좀 가져다주라고요."

"하여간 자상해. 내가 이래서 여기를 못 떠난다니까. 도시 나가면 옆집에 누가 사는지도 모른다잖아. 하긴 요즘은 여기도 갈수록 그래."

"저, 윤미는요?"

"방에서 공부해. 뭐 윤미한테 할 말 있니?"

맹탐정은 고개를 끄덕였다. 황 여사는 뭔가 더 물어보려고 입술을 달싹이다가 그냥 삼켰다. 맹탐정이 윤미의 방에 들어서자 윤미가 황급히 핸드폰을 내려놓았다.

"아, 안녕하세요."

"반말해도 되는데……."

"편해요, 존댓말이."

맹탐정은 "편한 대로 해." 하면서도 어떻게 윤미의 속을 떠볼지 가늠했다. 윤미의 손에 들린 핸드폰을 가리키면서 "그건 어때? 나도 핸드폰 바꿀까 생각 중인데." 했더니 윤미가 괜히 놀라서는 핸드폰을 책상에 내려놓았다.

"별로야?"

"아니, 좋아요."

맹탐정은 고개를 끄덕인 후 "누가 너 따라다니니?" 하고 기습적으로 물었다. 윤미가 화들짝 놀라 손을 내저으며 "아니에요, 아니에요." 했다.

맹탐정은 윤미가 풍겨 대는 분위기를 통해 이미 어느 정도 확신을 하고 있었기 때문에 뜸 들이지 않고 본론을 말하기로 했다.

"난 용우가 널 따라다니는 게 아닌가 싶어."

"용우 오빠요? 아니에요, 절대 아니에요."

"그래?"

"용우 오빠는 절대 아니에요."

"그럼 누구 따라다니는 사람이 있는 건 맞다는 거네?"

맹탐정의 허를 찌르는 질문에 윤미의 동공이 커졌다. 윤미가 고개를 저으며 뭐라고 구시렁거렸으나 맹탐정의 귀에는 들리지 않았다. 그렇다면 용우가 포장마차에서 어떻게 전화를 했는지만 찾아내면 해결된다. 맹탐정은 윤미에게 대뜸 갈게, 하고 인사를 하고 방에서 나왔다. 윤미의 심성상 절대 남에게 해가 되는 말은 하지 않을 것이다. 그러니 스토커가 있다, 이렇게 말하지 못하고 핸드폰을 그냥 버린 게 아닐까?

맹탐정이 방문을 열고 나가자 황 여사가 전화 통화를 하고 있었다. 맹탐정이 입 모양으로 갈게요, 하니 황 여사가 고개를 끄덕였다.

"……영어만 해결하면 된다니까. 그것만 좀 모자라지 딴건 다 걱정 없어. 아이고, 무슨 말이야? 윤미가 하면 뭘 한다고. 과외 두 개에 학원 세 개 다니는 거 빼면 뭐 아무것도 없어."

윤미 문제로 누군가와 통화하는 듯했다. 맹탐정은 윤미네 집을 나왔다.

맹탐정은 다음 날 학교에 등교해 용우부터 찾았다. 용우는 내성적인 성격이지만 순한 타입은 아니다. 누가 쳐다보면 왜, 하고 눈부터 부라렸다. 최대한 성격을 건드리지 않으면서 원하는 정보를 얻으려면 차라리 처음부터 모든 것을 알고 있으니 체념하라는 식으로 접근하는 편이 낫다.

늘 나사가 하나 빠진 것처럼 흐느적흐느적 걸어 다니는 담임 선생님이 교실을 나가자마자 맹탐정이 용우에게 달려갔다.

"윤미 핸드폰이 왜 계속 사라지는지 그 이유를 알았어."

"뭐? 무슨 소리야?"

용우가 안절부절못하는 게 눈에 띄었다. 혹시나 하고 넘겨짚은 건데 효과가 있다.

"다 알고 왔어."

맹탐정이 작전대로 모든 걸 알고 있다는 투로 말하니 용우가 화를 내려다 입술을 깨물었다. 그러더니 맹탐정을 잡아끌었다.

"윤미가 너한테 다 말했어? 윤미가 뭐래?"

오호라. 맹탐정은 속으로 쾌재를 불렀다.

"어제 윤미네 집에 다녀왔거든."

"윤미가 뭐라고 했는데! 어?"

"목소리 낮춰라!"

맹탐정이 눈을 내리깔고 말하자 용우가 머리를 쥐어뜯으며 "윤미 엄마도 아셔?" 했다.

"아줌마가 나한테 부탁한 거야. 범인 좀 찾아 달라고."

맹탐정은 턱을 위로 치켜세우며 의기양양하게 말했다.

"그러지 말고 다 털어놔라."

맹탐정이 권위 있게 말하자 용우가 입술을 씰룩하며 곧 울 것 같은 표정을 지었다.

"진짜 그런 거 아니라고!"

"뭐가 있긴 있구나?"

도망가려는 용우의 팔뚝을 딱 잡았다. 맹탐정이 쉽게 물러날 기미를 안 보이자 용우가 자신의 팔을 빼면서 말했다.

"알았어, 다 말할게. 대신 조건이 있어."

"뭔데?"

"윤미도 불러. 삼자대면하자."

용우가 이렇게 나올 줄은 몰랐다. 그런데 언젠가 뉴스에서 피해자와 가해자를 함께 두면 안 된다고 들었는데…….

"그건 안 돼. 피해자랑 가해자를 함께 둘 수는 없어. 내가 윤미한테 물어보고 윤미가 같이 있어도 된다고 하면 그때 가서 생각해 볼게."

맹탐정이 피해자랑 가해자라는 말을 했을 때 용우가 비웃듯이 한쪽 입꼬리를 올렸다.

"물어보나 마나야."

용우의 태도가 돌변했다. 맹탐정은 잠시 혼란스러웠지만 절대 흔들리지 않겠다고 다짐했다.

"너 혹시 협박할 생각이야?"

용우는 낮은 한숨을 내쉬면서 "내가 너냐?" 하고는 자리를 떴다. 어째 몇 분 사이에 전세가 역전된 느낌이었다. 처음엔 초조해 보이던 용우의 태도가 시간이 지날수록 당당해졌다.

맹탐정은 고개를 흔들며 나는 탐정이다, 탐정이다, 하고 생각했다. 그것도 그냥 탐정이 아니라 맹승지 탐정! 줄여서 맹탐정이라고 말이다. 그런데 어쩐지 맹똘이 생각이 나면서 성이 맹씨가 아니라 명씨였으면 얼마나 좋았을까 생각했다. 그러다 엄마가 맹장덕 씨가 아니라 명빈이나 명다니엘, 명사수 같은 이름을 가진 남자와 결혼했으면 참 좋았을 뻔했다는 데까지 생각이 뻗쳤다. 그런 이름의 남자는 왠지 자아를 찾으러 떠나지는 않을 것 같았다.

맹탐정은 피아노 학원으로 가서 윤미를 찾았다. 윤미에게 오전에 있었던 일을 이야기하며 용우 이야기를 꺼내자 윤미의 얼굴에 당혹스러운 표정이 떠올랐다.

"맞지? 걔가 너 괴롭히는 거!"

맹탐정이 맞혔다는 기쁨을 애써 숨기며 물었을 때 윤미의 입에서 뜻밖의 말이 나왔다.

"오빠한테 미안해서 어떡해요. 나 때문에 이게 뭐야."

윤미가 손톱을 물어뜯었다. 그때 정아가 이쪽으로 다가왔다.

"왜 그래?"

"그게, 언니가 다 알았대."

"진짜? 다 알았다고?"

"다 틀렸지만 어쨌든."

다 틀렸다는 말에 살짝 감정이 상했지만 어쨌든 다 알았다는 말에 기운이 솟았다. 전전긍긍하는 윤미 대신 정아가 맹탐정을 향해 말했다.

"용우 오빠 나쁜 사람 아니에요. 윤미 도와준 거예요."

"그러니까 뭘 도와줬는데?"

맹탐정이 다그치자 정아도 조금 위축되는 듯했다.

"나 보통 사람 아니야. 나 있잖아, 맹……,"

"알아요, 맹탐정인 거."

맹탐정이 탐정이라는 말을 꺼내기도 전에 정아가 선수 쳤다. 그런데 어쩐지 기분이 상하는 것이었다. 뭔가 무시당한 느낌이랄까.

"그냥 탐정이라고 불러."

정아가 "언니, 이런 얘기 해도 되는지 모르겠지만,"이라고 하면서 맹탐정의 눈치를 봤다. 맹탐정이 뭘? 하는 눈빛으로 쳐다보자 정아가 말했다.

"우리 언니가 그러는데 언니 좀 이상하다고……."

너희들, 다 아는구나.

맹탐정은 화가 나는 대신 마음이 쓰렸다. 자신이 이상한 사람이라는 게 초등학교 애들한테까지 소문났을 줄은 몰랐다. 물론 맹탐정 스스로는 자신이 이상한 사람이라고 생각하지 않지만 많은 사람들이 그렇게 생각하고 있다는 건 종종 느꼈다.

맹탐정의 가장 큰 고민은 '진짜 나'와 '가짜 나'였다. '진짜 나'는 맹탐정이 생각하는 자신이었고 '가짜 나'는 사람들, 그러니까 엄마를 포함하여 친구들이 생각하는 자신이었다. '진짜 나'는 관찰력도 뛰어나고 똑똑한 탐정인데, '가짜 나'는 뭔가 모르게 좀 이상한 애, 나쁜 애 같지는 않지만 친하게 지내기에는 어딘가 꺼림칙한 애였다. 반 애들 말로는 말이 통하지 않는다나 뭐라나. 그러다 보니 맹탐정 스스로도 '진짜 나'가 '진짜'가 아니라 '가짜 나'가 '진짜'가 아닐까 의심하는 중이었다.

"근데 저는 언니가 이상한 사람 같지 않아요."

맹탐정은 놀란 눈으로 정아를 바라봤다. 자신에게 이렇게 말해 주는 사람은 초등학교 때 단짝 친구였던 민정이와 맹탐정의 친언니밖에 없었다. 민정이는 중학교를, 언니는 고등학교를 인근 정주시로 갔다.

언니의 이름은 맹승옥이다. 아까 가족 소개할 때 은근슬쩍 언니를 빼놓았는데 특별한 이유는 없다. 그냥 말하고 싶지 않았다.

밉지만 그립다. 맹탐정은 언니를 생각하자 다시 우울해졌다.

"언니는 그저 다른 사람한테 관심이 많은 것뿐이잖아요."

맹탐정은 정아의 말에 생각에서 빠져나왔다.

"언니, 근데 지금 딴생각하고 있었죠?"

맹탐정이 고개를 끄덕이자 정아가 "우리 언니가 언니는 대화할 때 자꾸 딴생각한다고." 하면서 웃었다.

"어쨌든 우리 도와준다고 약속하면 다 말해 줄게요."

맹탐정은 깊이 생각할 겨를도 없이 고개를 끄덕였다. 이로써 맹탐정은 '공식적'으로 이 사건을 맡게 되었다.

'맹탐정 사무소'라는 수제 스티커가 붙은 자리에 정아와 맹탐정, 용우와 윤미가 옹기종기 앉았다. 마침 그날은 엄마가 정주시에 볼일이 있어 나갔다. 엄마가 있었으면 너네 또 무슨 작당을 하냐느니 쓸데없는 짓 하지 말고 발 닦고 잠이나 자라느니 하면서 사람 신경을 긁어 놨을 것이다. 엄마는 맹똘이나 언니한테는 세상 제일 똑똑한 내 아들, 천사 같은 내 딸이라며 침이 마르도록 칭찬하면서 맹탐정에게는 가혹하기 그지없다. 만약 맹탐정이 아빠와 판박이로 닮지 않았다면 어디서 주워 왔는지 의심했을 것이다. 순간 맹탐정의 머릿속에 번뜩 생각이 스쳐 지나갔다.

'그래, 그래서 그런 거야. 아빠와 닮아서!'

아빠가 미우니 맹탐정까지 미운 것이다. 만약 이게 사실이라면 엄마는 엄마 자격도 없다. 자신의 사적인 감정 때문에 자식을 공정하게 대하지 못하는 것이니까.

"언니, 왜 갑자기 인상을 써요?"

정아가 맹탐정의 팔뚝을 툭 쳤다. 그제야 맹탐정은 자신이 있는 곳을 깨달았다.

"아니야, 아무것도. 너네 커피 마셔 봤어?"

맹탐정이 턱을 위로 향한 채 의기양양하게 말했다. 그러자 용우가 픽 웃으며 "야, 나는 유치원 다닐 때부터 마셨거든?" 했다.

"그래? 그럼 나보다 늦네."

"언닌 언제부터 마셨는데요?"

"나? 나는 어린이집 다닐 때부터."

맹탐정은 그렇게 말하고 나서 곁눈으로 할머니를 살폈다. 다행히 할머니는 커피를 만드느라 정신이 없었다.

맹탐정의 엄마는 머리 나빠진다고 커피를 절대 주지 않지만 할머니는 맹탐정이 달라고 하면 두 잔이고 세 잔이고 다 준다. 커피 한 잔 마셨다고 나빠질 머리면 안 마셔도 이미 나쁜 거라고 했다.

맹탐정이 여태껏 가출하지 않은 건 오로지 할머니 때문이다. 엄마와는 달리 공정한 할머니 덕분에 맹탐정은 그나마 엉성한 울타리 안에 있다는 느낌을 받는다. 자아를 찾아 떠난 아빠가 가끔 가족을 찾아 이곳에 들르면 엄마보다 더 싫어하는 게 할머니다. 걸어가는 아빠의 다리를 걸어서 넘어뜨리거나 티브이를 보는 아빠의 등짝을 세게 내려친다거나. 그럴 때면 맹탐정은 할머니가 세상 누구보다 좋다. 맹탐정의 마음을 알아주니까. 그건 그 어떤 말보다 따뜻한 위로다.

세상에서 가장 중요한 감정이 있다면 그건 이해받는다는 감정일 것이다. 맹탐정이 죽고 싶었던 때가 몇 번 있었는데, 시험을 못 봤을 때도 아니고 관심 있던 남자애가 전학 갔을 때도 아니다. 아무도 자신을 이해해 주지 못한다는 외로움을 느꼈을 때였다. 세상에 이렇게 많은 사람들이 사는데 그중에 단 한 명도 맹탐정의 마음을 이해해 주지 못한다는 게 억울했다.

할머니만큼은 맹탐정이 외롭다고 하면 승지가 외롭구나, 했고 맹탐정이 아무도 날 이해하지 못해, 하면 아무도 승지를 이해하지 못하는구나, 했다. 할머니, 엄마는 언니랑 똘이만 좋아해. 그게 싫다는 게 아니라 그냥 너무 치사하다는 생각이 드는 거야. 나도 자식인데 뭔가 차별받는 느낌? 물론 엄마한테 뭐 사랑받고 싶다거나 이해받고 싶지는 않아. 나도 엄마를 사랑하지는 않으니까, 라고 맹탐정이 말했을 때 할머니는 이렇게 답했다.

"망할 년."

"엄마?"

할머니는 고개를 끄덕였다.

"아빠는?"

그때 할머니는 아무 말도 하지 못했다. 맹탐정은 생각했다. 아빠가 가정을 내팽개치고 자아인지 짜장인지를 찾으러 간다고 했을 때 오만 욕을 다 하면서 재산 한 푼 안 주고 내쫓았지만, 그래도 아빠가 할머니의 아들인 건 변함없는 사실이라고.

그러자 맹탐정은 오히려 엄마가 불쌍해졌다. 엄마는 엄마가 없으니까.

그러나 그런 감정은 1초, 아니 0.0001초밖에 되지 않았다. 맹탐정은 나중에 커서 돈을 많이 벌면 할머니와 엄마를 불공정하게 대하겠다고 다짐했다. 할머니한테 금 열 돈을 해 주면 엄마한테는 금 한 돈만 해 주고, 할머니를 유럽 여행 보내 줄 때 엄마는 제주도 여행을 보내 주는 거다. 그때서야 엄마는 공정함이 얼마나 중요한지 알게 될 것이다. 제 발등을 찍으면서!

어느새 할머니가 가까이 왔다. 할머니가 아이스커피 네 잔을 각자 앞에 내려놓으면서 "알지?" 했다. 용우가 눈치 없게 "뭘요?" 하고 묻자 눈치 빠른 정아가 "아줌마한테 말하지 말라는 거예요." 했다.

그때 핸드폰 진동이 울렸다. 맹탐정만이 자신의 핸드폰을 확인했고 정아와 용우는 윤미를 바라봤다. 윤미는 모른 척 가만히 있었다.

“언니 진짜 약속 지킬 거죠?”

윤미가 다시 한번 다짐을 받았다. 맹탐정은 고개를 끄덕이고는 “대신 거짓말이라고 느껴지면 이대로 아줌마한테 가서 이를 거야.”라고 했다. 말이 끝날 즈음 진동 소리가 멈췄다.

용우가 자신의 가방에서 핸드폰 세 개를 꺼냈다.

“이건 내 거. 이거 두 개는 윤미 거.”

맹탐정이 갤럭시5와 아이폰6를 손으로 만져 봤다. 전원은 켜져 있지 않았다.

“이 두 개가 윤미 거라고?”

윤미가 고개를 끄덕였다. 탐정으로서 감이 있는데 윤미와 용우 사이에 흐르는 감정은 절대 피해자와 가해자의 감정이 아니었다. 오히려 조력자에 가까웠다. 마치 땅콩크림빵의 땅콩크림과 빵처럼 보였다. 이 비유가 아닌가? 어쨌든 둘이, 아니 정아까지 셋이서 뭔가를 공유하고 있다. 그게 뭘까?

“에휴.”

드르르 진동과 함께 낮은 한숨 소리가 들려왔다. 이번에도 윤미에게서 난 소리였다. 윤미가 주머니에서 핸드폰을 꺼내자 정아가 “또야!” 했다. 용우도 미간을 잔뜩 찌푸린 채 걱정스러운 눈빛으로 윤미를 바라봤다.

윤미가 핸드폰을 귀에 대고 말했다.

"응, 엄마."

엄마? 맹탐정은 윤미 쪽으로 몸을 붙였다. 황 여사의 까랑까랑한 목소리가 전화기 너머 맹탐정에게까지 들렸다.

"응응, 갈 거야. 간다고. 아니야, 갈 거야."

학원, 과외라는 말이 핸드폰에서 흘러나왔고 윤미는 손톱을 물어뜯으면서 초조한 듯 신경질적으로 대답했다.

"친구, 친구라고. 응, 정아랑. 그냥 음료수 먹어. 아무것도 안 해."

윤미가 계속해서 변명했다. 왜 저렇게 쩔쩔매지? 만약 맹탐정이었다면 나 지금 친구랑 놀거든, 끊어! 하고는 전화를 끊었을 것이다. 착하다 착하다 저렇게 물러 터졌다니. 맹탐정은 마치 어른처럼 혀를 쯔쯔 찼다. 윤미가 간신히 전화를 끊고 맹탐정을 바라보며 "언니, 봤죠?" 했다. 그러고는 핸드폰을 테이블 위에 던지듯 내려놓았다.

"저한텐 이게 족쇄예요, 족쇄."

"얘네 엄마 장난 아니에요. 10분에 한 번씩 전화해요."

"아까도 왔었지?"

"부재중 네 통."

윤미가 그렇게 말하고는 테이블에 고개를 파묻었다.

"그러니까 엄마가 자꾸 전화한다고?"

정아가 대신 고개를 끄덕였다.

"바쁘다고 하면 되잖아."

"야!"

용우가 맹탐정의 팔을 툭 쳤다.

"그렇게 쉬우면 사람이 고민이란 걸 왜 하겠어?"

순간 화가 났지만 맞는 말이었다. 인생은 그렇게 쉽지도 단순하지도 않다. 분명히 윤미가 저렇게 고통스러워하고 정아와 용우가 걱정하는 이유가 있을 것이다.

맹탐정은 머리를 빠르게 회전시켰다. 무슨 뜻이냐면, 나는 탐정이다, 탐정이다, 하고 자기암시를 했다는 것이다. 그럼 내면에 있던 탐정 자아가 튀어나와서 추리를 한다. 윤미의 엄마, 그러니까 황 여사는 지나칠 정도로 윤미에게 전화를 하고 윤미는 그게 너무 힘들다. 용우에게는 윤미의 잃어버린 핸드폰 두 대가 있다. 실은 윤미의 핸드폰은 잃어버린 게 아니라 용우가 보관하고 있는 것이다.

옳지!

"그러니까 잃어버린 척한 거야?"

맹탐정이 묻자 윤미가 고개를 끄덕였다.

"언니, 엄마는 내가 유일한 희망이래요."

윤미가 그렇게 말하고는 "얼른 여기를 떠나고 싶어요."라고 했다. 그건 맹탐정도 마찬가지여서 공감이 됐지만 한편으로는 자신과는 전혀 처지가 다르다는 걸 깨달았다. 굳이 따지자면 윤미는 언니와 닮았다. 엄마는 언니에게 집착한다. 집안의 자랑이라며.

언니는 엄마를 닮아 얼굴도 예쁘고 아빠를 닮아 머리도 좋다. 마흔이 다 되도록 자아를 찾지 못해서 방황 중인 아빠는 아이러니하게도 서울대학교를 나왔다.

엄마는 언니에게 너는 자아 같은 거 찾지 말고 공부 열심히 해서 너 되고 싶다는 의사나 되라고 했다. 맹탐정이 엄마에게 만약 언니가 의사가 돼서 자아를 찾는다고 하면 어떻게 할 거야? 라고 묻자 엄마는 의사가 돼서 찾는 건 괜찮다고 했다. 맹탐정은 엄마의 말이 도저히 이해가 되지 않았지만 답답하지는 않았다. 엄마를 이해하기란 불가능에 가깝다는 결론을 이미 내려 놨기 때문이다.

"그게 싫어?"

윤미는 고개를 끄덕이다가 푹 수그렸다.

"희망은 좋은 말이잖아."

맹탐정은 이 말을 하고 난 후에 "유일한 희망이라서 그런 거지?" 라고 덧붙였다. 윤미의 어깨가 점점 들썩였다. 희망은 좋은 말이지만 '유일한'이란 말이 붙으면 그때는 삶을 옥죄는 족쇄가 되는 것이다.

"언니, 엄마가 저한테 하루에 몇 통이나 전화하는지 아세요?"

윤미가 고개를 들었다. 눈이 붉게 충혈돼 있었다. 맹탐정은 윤미에게 휴지를 밀었다.

"음, 열 통?"

맹탐정은 자신이 상상할 수 있는 최대한 큰 숫자를 불렀다.

"열 통이요? 그럼 제가 이런 고민 하지도 않아요."

그때 다시 드르르 하고 핸드폰이 울렸다. 윤미는 크게 한숨을 내쉬고는 또 울 듯한 표정으로 맹탐정을 바라봤다.

"여기 들어온 지 얼마나 됐죠?"

"한 30분?"

"벌써 여섯 통째예요."

맹탐정은 그제서야 사태의 심각성을 깨달았다. 엄마가 아니라면 스토커라고 해도 될 만한 상황이었다.

"스토커 같아."

"언니, 바로 그거예요!"

정아가 말했다.

"요즘 들어 더 심해지는 것 같아요."

"아빠랑 사이가 안 좋을수록 더 그래요. 너는 성공해야 한다, 나와는 다른 삶을 살아야 한다, 나는 너밖에 없다, 네가 공부를 잘해 정주시로 가게 되면 따라가겠다……."

맹탐정과 아이들은 잠시 침묵의 시간을 가졌다. 맹탐정은 노트에 지금까지의 상황을 정리했다.

황 여사는 윤미에게 집착한다.

하루에도 몇십 번 핸드폰으로 윤미를 감시한다.

윤미는 그런 엄마에게서 달아나고 싶다.

용우는 윤미의 동의하에 윤미 핸드폰을 가지고 있었다.

황 여사는 윤미에게 새 핸드폰을 또 사 줬다.

"그러니까 용우는 윤미를 도와준 거네?"

맹탐정이 말하자 윤미, 용우, 정아가 동시에 고개를 끄덕였다.

"근데 그 방법은 너무 일시적이지 않아?"

"그게 문제예요, 언니."

정아가 그렇게 말하고는 윤미를 향해 작은 소리로 "역시 탐정은 탐정이다."라고 말했다. 맹탐정은 그 말을 듣고 뛸 듯이 기뻐 기필코 이 일을 해결하겠다는 의욕으로 불탔다. 물론 겉으로는 못 들은 척, 안 들린 척했지만 말이다.

탐정은 그래야 멋있다. 자기 칭찬에 혹해 방방 뛰면 볼품없어지는 것이다. 실력만큼 중요한 건 풍기는 분위기이다. 셜록이 왜 역사상 가장 유명한 탐정으로 남았는지를 생각해 봐야 한다. 범인을 잘 찾아서? 책에 나오는 탐정들은 다 범인을 잘 찾는다. 셜록이 유명한 이유는 딱 하나다. 멋있기 때문이다. 한번 본 것은 뭐든지 기억하는 머리와 세상에 자신보다 잘난 사람은 없다는 듯한 거만한 태도가. 그런 셜록이 누군가 칭찬을 했는데 기뻐서 방방 뛴다? 그건 말도 안 되는 일이다.

"핸드폰을 잃어버린 척하면 엄마가 연락을 안 할 줄 알았다는 거지?"

윤미가 고개를 끄덕였다.

"나라면 그렇게 안 했을 텐데……."

"그럼요?"

정아가 물었다. 두 눈을 반짝이며 기대에 찬 눈빛으로. 맹탐정은 정아의 그런 눈빛이 부담스러운 한편 뿌듯하기도 했다.

"혹시 울면서 애원해 봤어? 그러니까 윤미 네 마음을 솔직하게 고백해 본 적 있냐고."

"언니! 한두 번 해 봤는 줄 아세요? 무슨 벽에 대고 이야기하는 것 같아요. 안 통해요."

윤미가 고개를 흔들었다.

맹탐정은 그때 자신의 엄마를 떠올렸다. 엄마라는 족속은 원래 그런 것일까? 아이들 말이라면 귀부터 막고 무조건 자기들이 옳다고 우긴다. 윤미네 엄마도 똑같은 것이다. 윤미가 아무리 진심을 이야기해 봤자 투정으로밖에 여기지 않는다. 윤미에게 그게 아무리 절실한 일이라도 말이다.

“엄마가 연락할 때마다 숨이 막힌다, 자꾸 그러면 공부에 집중하지 못한다, 나중에 연락하겠다, 친구들이 마마걸이라고 놀린다, 아무리 말해도 소귀에 경 읽기예요. 제일 답답한 게 뭔지 아세요?”

“뭔데?”

“나중에 엄마한테 내가 고마워할 거래요. 커 보면 안다고. 휴. 저는 나중이건 뭐건 지금 행복하고 싶어요. 그게 욕심은 아니잖아요.”

맹탐정은 고개를 끄덕였다. 어른들이 말하는 미래는 너무 멀다. 마치 영영 손에 잡히지 않을 구름 같다. 분명 거기 있다는 건 알지만 가까이 다가갈수록 더 멀어진다. 물론 언젠가는 우리도 어른이 될 것이다. 그런데 어른이 된다고 마음에 난 상처가 저절로 회복될까?

아빠만 봐도 아니란 걸 알 수 있다. 할머니는 마음 한편에 아빠에 대한 미안함을 가지고 있다고 했다. “아빠에게 왜 미안한데?”라고 맹탐정이 물었을 때, 할머니는 대답했다.

“공부만 잘하라고 해서. 공부만 잘한다고 될 게 아니었는데.”

만약 윤미가 커서 사회적으로는 성공했지만 마음속에는 상처받은 어린 시절의 자신을 품고 살아가야 한다면 얼마나 불행할까? 그게 진정 황 여사가 원하는 바는 아닐 것이다.

"언니, 설마 진심으로 말해 보라는 게 언니의 해결책은 아니죠?"

조금 전까지만 해도 맹탐정을 존경의 눈으로 바라봤던 정아가 이번엔 미심쩍은 눈빛으로 물었다. 요즘 시대에 진심만큼 영양가 없는 말이 어디 있을까. 맹탐정은 아차 싶었다. 그러고는 할머니를 향해 말했다.

"할머니, 엄마 올 때 안 됐어요?"

눈치 빠른 할머니는 당장에 "저기 오는갑다." 했다.

"어, 그럼 안 되는데."

윤미의 말에 맹탐정이 "우선 집으로 가 있어. 내일 만나면 내가 해결책 얘기해 줄게."라고 하며 다음 날을 기약했다. 셋은 맹탐정의 엄마가 오기 전에 후다닥 카페를 빠져나갔다. 맹탐정은 휴 하고 한숨을 내쉬며 아이스커피를 쭉쭉 빨아 마셨다. 이미 거의 마신 상태라 바람 소리밖에 나지 않았다.

"할머니, 셜록처럼 머리도 진짜 좋고 한번 본 건 다 기억할 수 있다면 얼마나 좋을까요?"

"그게 뭐가 좋아? 나는 그러라고 해도 거절하겠다."

"왜요?"

할머니가 맹탐정 앞자리에 털썩 주저앉더니 용우가 남긴 커피를 벌컥 들이켰다. 창밖으로 바람이 세차게 불기 시작했다. 갑자기 엄마가 걱정되기 시작했다. 바람이 더 불기 전에, 비가 내리기 전에 와야 할 텐데…….

"잊으니까 사는 거야."

할머니는 무슨 말인가를 덧붙이려다가 입을 다물었다. 맹탐정은 할머니의 말이 이해되지 않았지만 할머니의 슬픔은 이해할 수 있었다. 그건 맹탐정이 할머니를 좋아하기 때문이었다. 좋아한다는 건 그런 것이다. 상대가 슬플 때 같이 슬픈 것. 할머니가 슬퍼서 맹탐정의 마음도 파란색으로 젖어 들었다.

"……그래도 셜록 홈스가 부럽긴 부러워요."

"그건 왜인지 알아?"

"멋있으니까 그렇죠."

"그게 아니야."

할머니가 비밀을 말해 준다는 듯이 어깨를 움츠리고 고개를 숙였다. 맹탐정도 덩달아 할머니 쪽으로 몸을 숙였다.

"그건 네가 셜록 홈스밖에 모르기 때문이야. 그러니까 책 좀 읽어라, 요것아!"

할머니가 이렇게 말하고는 뭐가 좋은지 혼자 히히히 웃었다. 이럴 때 보면 마녀 할머니 같다. 맹탐정은 놀림을 당한 것 같아 분했지만 사실은 사실이었다. 태어나서 유일하게 읽은 탐정 책이 셜록 홈스였고 그렇기 때문에 아는 탐정도 셜록 홈스가 유일하다.

"그럼 할머니는 어떤 탐정 제일 좋아해요?"

"미스 마플!"

"뭐 와플?"

"미! 스! 마! 플!"

"그게 누군데요?"

"할머니 탐정."

맹탐정은 세상에 할머니 탐정이 어딨느냐고 하려다가 또다시 면박을 당할 것 같아서 입을 꾹 다물었다. 그러고는 미스 와플인지 마플인지가 나오는 책을 한번 읽어 봐야겠다고 다짐했다.

지금 중요한 건 윤미의 일을 어떻게 해결하느냐였다. 어떤 해결책을 제시해 줘야 역시 맹탐정이라는 소리를 들을 수 있을까? 그때 누군가 들어오는 소리가 들렸다. 고개를 돌리니 황 여사, 즉 윤미 엄마가 들어오는 게 보였다.

"윤미 못 봤니?"

"어, 아, 아니요, 왜, 왜요?"

"아까부터 전화를 안 받네. 어디 가면 간다고 말을 해야지. 얘가 이런다니까."

"또 핸드폰 잃어버린 게 아닐까요?"

"그러기만 해 봐, 아주."

"유, 윤미가 일부러 그러겠어요, 실, 실수인데……,"

"그러니까. 네가 한번 생각해 봐. 윤미가 그런 실수를 연달아 할

애야? 분명 누가 훔쳐 가는 거야. 내가 아주 잡아다가 혼꾸멍을 내 줄 거야. 참, 엄마는 언제 오시니?"

"네?"

맹탐정은 괜히 깜짝 놀랐다.

"엄마 언제 오시냐고. 네 언니 보러 정주시 갔잖아."

"지, 지금이요."

맹탐정은 그렇게 말하고 마치 바쁜 일이라도 있다는 듯이 가방을 챙겨서 카페를 나왔다. 아줌마가 맹탐정의 뒤에 대고 뭐라고 이야기했지만 맹탐정은 일부러 듣지 않았다. 아줌마가 의심하기 시작했다는 사실을 하루빨리 윤미와 아이들에게 알려야 한다는 생각뿐이었다.

방에 누워서 열심히 머리를 굴리고 있는데 맹똘이가 방문을 벌컥 열었다.

"누나! 엄마 왔는데 나와 보지도 않아?"

"아이고, 역시 우리 똘이밖에 없네."

얼씨구 절씨구다. 맹탐정은 침대에서 몸을 벌떡 일으켰다. 맹똘이가 방문 바로 앞에, 엄마가 그 뒤에 서 있었다. 맹똘이가 혀를 날름거리며 맹탐정을 더욱 약 올렸다.

"너는 왜 또 입이 하늘까지 나왔어? 친구랑 싸웠어?"

"내가 뭐 맹똘이 같은 줄 알아! 아무것도 아니니까 문 닫고 나가라고요!"

"쟤는 뭔 말만 하면 문 닫고 나가래."

"엄마, 누나 왜 저래요?"

"사춘기라서 저래."

"나 사춘기 아니라니……."

맹탐정의 말이 끝나기도 전에 엄마가 문을 쾅 닫았다. 맹탐정은 그대로 밖으로 나가서 따질까 생각했지만 그러기엔 짊어진 짐이 너무 무거웠다. 나도 다른 아이들처럼 평범하면 얼마나 좋을까? 탐정이라고 하면 다들 우러러보겠지만 이게 여간 힘든 일이 아니다. 그러나 위인은 타고나는 법이라고, 맹탐정은 일찍이 자신의 운명을 받아들이기로 결심했더랬다.

"우리 치킨 시켜 먹을까?"

문밖에서 엄마의 목소리가 들려왔다. 맹탐정이 추리해 보건대 일부러 큰 소리로 말하는 것이다.

"양념치킨을 시킬까? 간장치킨을 시킬까?"

"엄마, 반반 시키면 안 돼요?"

"그럴까?"

치킨이 오면 맹탐정이 자연스레 문밖으로 나올 거라고 생각하는 것 같은데 그건 맹탐정을 너무 얕본 것이다. 작년까지만 해도 그랬겠지만 중학생이 된 올해부터는 어림없다.

맹탐정은 그대로 이불을 머리끝까지 뒤집어썼다가 번뜩 좋은 생각이 떠올라 그대로 몸을 일으켰다. 그래, 그거야! 맹탐정은 문자를 쓰기 시작했다.

- 내일 학교 끝나고 피아노 학원에서 보자. 카페는 엄마가 있어서 안 돼.

맹탐정이 문자를 보내자마자 윤미에게서 답이 왔다.

- 언니, 해결책 찾으셨어요? 역시, 맹탐정이에요!

맹탐정은 뭐라 주저리주저리 썼다가 모두 지우고 'ㅇㅇ'이라고 답변했다. 이유는 간단했다. 그래야 멋있어 보이니까.

"누나, 진짜 치킨 안 먹을 거야?"

맹똘이가 벌컥 문을 열고 들어왔다.

"내가 안 먹는다고 언제 그랬어?"

맹탐정이 그렇게 말하고는 맹똘이에게 혀를 내밀었다. 맹똘이가 다시 엄마 쪽으로 "누나 왜 저래요?"라고 소리쳤다. 맹탐정은 그러거나 말거나 신이 나서 혼자 콧노래를 불렀다.

"엄마, 누나 진짜 이상해요. 저는 사춘기 진짜 진짜 하기 싫어요."

"나 사춘기 아니라니깐!"

맹탐정이 다시 빽 소리를 질렀다. 맹똘이가 고개를 절레절레 흔들면서 조용히 문을 닫고 나갔다. 맹탐정은 어서 내일이 오길 기다렸다. 물론 그 전에 치킨 먼저 먹고!

맹탐정은 우선 어제 있었던 일부터 설명했다. 자신이 방 안에서 생각에 잠겨 있을 때 문밖에서 엄마가 한 행동들을 말이다.

"……치킨 이야기하면 내가 벌떡 일어나서 나올 줄 알고 그런 거야. 한마디로 연기를 한 거지. 어이가 없어서 따지려다 딱 그 생각이 난 거야!"

맹탐정이 여기까지 말하자 윤미, 정아, 용우가 맹탐정 쪽으로 고개를 쭉 내밀었다. 맹탐정은 한 호흡 숨을 쉬고는 말을 이었다.

"어제 너네 가고 나서 윤미네 아줌마가 왔다 가셨거든. 윤미가 연락을 안 받는다고. 그래서 내가 핸드폰 잃어버린 게 아닐까요? 했더니 윤미가 그럴 애가 아니라면서 그전에 잃어버렸던 것도 누가 훔쳐 간 것 같다고 하시는 거야."

"어제 엄마가 그러더라고요. 누가 핸드폰 훔쳐 가지 않게 잘 간수하라고."

"그러니까 핸드폰을 또 잃어버리는 건 절대 안 돼! 일시적이지 않은 방법이 필요하다는 거야."

"그건 우리가 지난번에 다 끝낸 얘기 아니야? 그러니까 그 방법이 뭐냐고!"

용우가 재촉했다.

"아, 근데 정아는 윤미랑 절친이라서 도와줬다고 쳐. 너는 뭔데 윤미를 도와? 둘이 친해?"

맹탐정이 전부터 궁금했던 걸 물었다.

"언니 정말 몰랐어요? 윤미랑 용우 오빠랑 친척이잖아요. 사촌은 아니고 사돈의 팔촌이라 그랬나?"

윤미가 고개를 끄덕거렸다.

"야, 사돈의 팔촌이 무슨 친척이냐?"

맹탐정의 말에 용우가 씩씩거리며 "그럼 남이냐?" 했다.

"언니, 근데 그게 중요한 게 아니라요, 그 방법이 뭐냐고요!"

정아가 재촉했다. 모두가 자신을 쳐다봤을 때 맹탐정은 또박또박 이렇게 말했다.

"연! 기!"

"연기요?"

맹탐정이 고개를 끄덕였다.

"일단 윤미는 아줌마에게서 집 밖에서만큼은 벗어나고 싶은 거잖아."

윤미가 고개를 끄덕였다.

"그러려면 핸드폰을 없애야 하는데, 그럴 수 없지. 그렇다면 방법은 단 하나야. 우리가 다 같이 연기를 하는 거야."

"언니가 대단한 맹탐정이라는 건 알지만, 뜸 들이기가 좀 심한 것 같아요."

정아가 볼멘소리로 말하자 맹탐정은 직감적으로 더 이상 끌다가는 자신의 평판에 큰 문제가 생길 수도 있다는 걸 깨달았다.

"알았어. 빨리 말할게. 우선 우리가 윤미에게 윤미네 엄마가 한 것처럼 10분에 한 번씩 계속 전화를 하는 거야. 윤미랑 아줌마가 같이 있을 때. 그럼 아줌마가 무슨 연락이 그렇게 오냐, 누구냐, 할 거 아니야. 그때 한 명이라고 하면 걔한테 그만 연락하라고 하겠지. 근데 엄청 많은 애들이 연락하면 도대체 누구한테 말해야 할까?"

맹탐정의 말뜻을 가장 먼저 알아들은 건 영특한 정아였다. 정아는 얼굴이 환해지면서 작은 목소리로 "왜 그 생각을 못 했지?" 하고 말했다. 윤미와 용우는 아직도 뭐가 뭔지 모르겠다는 표정이었다. 맹탐정은 속으로 만약 조수를 한 명 둔다면 왓슨보다는 못하지만 정아로 해야겠다고 마음먹었다.

"그러니까 생각해 봐. 윤미 네가 공부하겠다고 방에 들어가. 그럼 아줌마가 공부하는지 안 하는지 감시하려고 왔다 갔다 하시지?"

윤미가 고개를 끄덕였다.

"그때마다 네가 핸드폰을 보고 있으면 아줌마가 어떨까? 속이 타겠지?"

이번에도 윤미가 고개를 끄덕였다. 그때 용우가 "아하!" 하고 외쳤다. 머리 좋은 순으로 따지자면 정아, 용우, 윤미 순이다. 물론 제일 앞에는 맹탐정!

"아마 누구한테 연락 오냐고 물을 거야. 그때마다 친구들 이름을 하나씩 대는 거야. 그러면서 애들한테 하도 연락이 와서 도저히 공부에 집중을 못 하겠다고, 차라리 핸드폰이 없었으면 좋겠다고 하는 거야."

윤미가 이제야 이해가 됐는지 입을 크게 벌렸다.

"언니, 솔직히 정아가 언니 진짜 탐정 같다고 했을 때는 속으로 좀 의심했는데 지금 보니까 제가 완전 잘못 생각했어요. 죄송해요. 언니 말대로 하면 우리 엄마 성격에 당장 핸드폰부터 해지시킬 거예요. 엄마한테는 세상에서 제 성적이 제일 중요하거든요. 근데요, 언니."

윤미가 조금 망설이며 말했다.

"핸드폰이 없으니까 조금 불편하긴 하더라고요. 애들이랑 카톡도 못 하고."

세상에. 핸드폰 없애게 도와 달라고 할 때는 언제고 방법을 알려 주니까 핸드폰이 필요하다니.

"핸드폰은 유지하되 엄마만 연락하지 못하게 해 달라?"

맹탐정이 되물으니 윤미가 고개를 끄덕였다.

"그럼 이렇게 해. 엄마랑 급하게 연락해야 될 때가 있으니 핸드폰은 필요하다. 대신에 애들한테는 비밀로 해야 하니까 학교에 있을 때는 절대 연락하지 말아라. 어때?"

정아와 윤미 모두 두 손을 모으고 존경의 눈빛으로 맹탐정을 바라봤다. 평소 같았으면 맹탐정 스스로도 자신의 똑똑함에 취해 있었겠지만 윤미와 정아가 생각보다 멍청해 좀 김이 샌 상태였다.

그때 용우가 맹탐정의 팔뚝을 툭 쳤다.

"그럼 오늘 저녁부터 시행이야?"

맹탐정은 고개를 끄덕였다.

"윤미는 오늘 친구들한테 미리 연락해 둬. 며칠 동안 밤마다 전화하고 카톡해 달라고. 나도 걸게."

"나도!"

"나도!"

정아와 용우도 비장하게 말했다.

일이 맹탐정의 계획대로 흘러갈지 아닐지는 몰라도 이미 네 사람 사이에는 성공의 기운이 흘러넘쳤다. 윤미도 오랜만에 의기소침한 상태에서 벗어나 활기차 보였다. 이제부터는 엄마에게 끌려다니지 않겠다는 의지가 보이는 것 같았다. 그래, 그거야. 맹탐정은 그것으로 이미 노동에(열심히 머리를 썼으니 이 또한 노동이다)

대한 대가를 받은 것만 같았다.

그래도 맹탐정 사전에 공짜는 없다. 윤미가 성공 보수로 뭘 원하냐고 했을 때 맹탐정은 당당히 자신이 원하는 걸 말했다. 바로 맹탐정 노트. 그것도 비싼 브랜드로! 매일 맹탐정 노트에 주워들은 정보나 추리 내용을 적다 보니 사건 하나가 끝나면 노트 한 권도 끝이었다. 문방구에서 파는 싸구려 노트를 쓰자니 맹탐정의 명성에 맞지 않아 늘 고민이었다. 그렇다고 용돈의 절반을 맹탐정 노트 사는 데 쓸 수는 없는 노릇이다.

어쨌든 윤미는 계산이 정확한 아이라 사건이 끝나자마자 맹탐정에게 유명한 브랜드의 노트를 사 주었다. 맹탐정은 노트에 맹탐정이라는 이름을 적어 넣는 것으로 이 사건을 마무리했다.

아, 그래서 작전은 성공했냐고? 당연히 성공을 했으니 노트를 받지 설마 양심도 없이 실패해 놓고 맹탐정 노트를 받았을까.

물론 황 여사도 만만치 않아서 며칠 동안은 전화를 건 애들한테 일일이 다시 전화를 걸어 앞으로 윤미에게 밤에 연락하지 말라고 잔소리를 하기도 했다. 하지만 계속해서 새로운 친구들에게 전화가 오자 할 수 없이 윤미가 하자는 대로 했다고 한다.

물론 맹탐정도 알고 있다. 이게 진정한 해결책이 아니라는 것을. 윤미는 아직도 아침저녁으로 엄마에게 네가 '유일한' 희망이라는 말을 듣고 있고 성적이 조금만 떨어져도 과외가 하나씩 늘어난다고 했다. 그럼에도 학교나 학원에 있을 때만이라도 엄마에게서 벗어날 수 있으니 행복하다고 했다.

진정한 해결이나 완벽한 해결, 이런 건 도대체 얼마 정도의 탐정 경험이 쌓여야 가능할까. 진정한 탐정이라면 혹은 완벽한 탐정이라면 윤미에게 어떤 해결책을 내려 줬을까. 맹탐정은 자신이 부족한 것 같아 처음으로 절망이란 것도 해 봤다.

그래도 어쩌랴. 이곳 산이군에는 탐정이 맹탐정 하나인 것을. 계속 정진하는 수밖에 없다.

팽팽한 진실

어이가 없어서 말이 안 나온다. 앞으로 맹탐정 사무소를 계속 유지할 수 있을까에 대한 실질적인 고민을 시작해야 할 때다. 엄마는 내가 실질적인, 명백한, 진정한, 이런 말만 쓰면 어른인 척한다고 뭐라고 하지만 어른이 아니라 학생이기 때문에 이런 말을 쓰는 것이다. 역사 교과서를 보면 늘 나오는 말이 실질적인 조치, 명백한 위협, 진정한 협력 등이다. 오늘 뉴스에서도 북한과 '실질적인 합의'에 이를 수 있을지 귀추가 주목된다는 앵커의 멘트가 있었다.

아아, 물론 내가 지금 하려는 말은 그게 아니고, 윤미의 핸드폰 분실 사건을 해결한 이후로 학교에 나에 대한 소문이 야금야금 퍼졌다. 이에 여러 가지 의뢰가 들어올 걸 기대했지만 단 한 건의 사건도 들어오지 않았다. 혹시나 친구들이 사건 의뢰하는 방법을 몰라서 그럴 수도 있겠단 생각에 명함을 만들어 교탁이나 사물함 위에 올려놓기까지 했지만 단 한 명도, 정말 개미 새끼 한 마리도 나에게 찾아오지 않았다.

그러다 몇 주 전 그 이유를 알았다. 믿는 도끼에 발등 찍히는 법이라고 윤미와 정아가 내가 초반에 헛다리 짚었던 일에 대해 여기저기 소문을 내고 다녔다고 했다. 물론 내가 처음에 용우가 윤미의 스토커인 줄로 착각했던 건 사실이다. 그러나 이내 실수를 깨닫고 해결책을 제시해 준 게 누군가? 어쨌든 그 이야기가 돌고 돌아 내가 추리는 못하는데 고민 해결은 잘해 준다고 소문이 난 것이다.

윤미와 정아를 찾아가 한마디 하려다가 그만뒀다. 중학생이나 돼서 초등학생 앞에 두고 뭐라고 하는 것도 면이 안 서고 무엇보다 걔네들과 더 이상 말을 섞고 싶지 않아서다. 물론 이런 나를 두고 소심하다느니 꽁하다느니 할 수도 있다. 그러나 이건 강단이다! 강단 있게 나는 그들과 앞으로 절대 말하지 않을 것이다.

걔네들이 그런 소문을 퍼뜨리고 다닌다는 걸 알게 된 건 영은 언니 덕분이다. 영은 언니가 맹탐정에게 의뢰를 해 온 것이다. "네가 윤미 고민도 해결해 줬다며? 그럼 내 고민도 해결해 줄 수 있어?"라면서.

영은 언니가 누구인지 한마디로 말하면, 산이중학교 부동의 1등이다. 물론 공식적으로 누가 1등인지 발표하지는 않지만 다들 알음알음 알고 있다. 그런데 얼마 전 이상한 소문이 돌았다. 영은 언니 성적이 많이 떨어졌다는 것이다. 이건 우리 중학교뿐 아니라 산이군 전체에서도 큰 사건이었다.

영은이가 글쎄 이번에 영어, 수학이 90점도 안 된대, 라는 소문은 학교 담장을 넘고 부엌을 넘고 침실을 넘고 또다시 전통카페를 넘어 길거리 강아지까지 알게 되었다.

맹탐정은 영은 언니가 고민이 있다고 말해 왔을 때 혹시 성적 이야기를 하면 어쩌나 걱정도 했더랬다. 왜냐하면 맹탐정은 언제나 반에서 중간쯤 가는 '평범한' 학생이기 때문이다. 물론 똑같은 성적을 보고도 공부를 잘하는 애들은 맹탐정을 '열등생'이라고 할 테고 공부를 못하는 애들은 '우등생'이라고 할 것이다. 그러고 보면 세상에 객관적 진실은 없는 것 같다. 모두 다 자신의 위치에서 세상을 본다. 그러니 자신이 어떤 위치에서 세상을 보는지를 늘 가늠해야 한다.

맹탐정은 '내가 서 있는 위치'라고 노트에 적었다. 너무 높은 곳에서 다른 사람을 바라보지 말자. 무엇보다 맹탐정은 공정하고 싶었다. 맹탐정이 생각하는 공정함이란 어려운 처지에 놓인 친구와 그렇지 않은 친구가 똑같이 잘못을 했다면 어려운 처지에 놓인 친구의 손을 들어 주는 것이다. 그러니까 황 여사에게 거짓말을 한 윤미와 윤미를 옭아매는 황 여사가 있다면, 맹탐정은 윤미 편이다. 윤미와 황 여사 중에 윤미가 약자니까.

"언니, 어쨌든 제가 아까 말한 대로 윤미랑 정아 말은 다 거짓말이에요."

"알았어. 그러니까 처음에 약간 헛다리 짚긴 했지만 어쨌든 네가 윤미 문제를 해결해 준 건 맞다는 거잖아."

맹탐정은 고개를 끄덕였다.

"그러니까 내 고민도 한번 들어 줘 봐."

"언니 저는 탐정이에요, 상담사가 아니라."

영은 언니는 맹탐정이 탐정이라고 말할 때 풋 웃더니 이내 진지한 표정으로 말했다.

"탐정이 뭐야? 범인을 잡아 주고 사건을 해결해 주는 사람이잖아. 여기서 중요한 건 문제를 해결해 준다는 거야. 너는 윤미의 고민을 해결해 줬으니까 탐정은 탐정이지."

영은 언니의 말을 듣다 보니 그럴싸했다.

"근데 탐정은 범인을 찾아 주잖아요……."

"세상에 하루에도 수많은 일들이 일어나는데 모든 일에 다 범인이 있다고 생각해? 아니, 그건 둘째 치고 범인을 찾아 주는 거랑 고민의 답을 찾아 주는 거, 그게 뭐가 달라? 둘 다 찾아 주는 건데."

"그건 그런데……."

맹탐정은 속으로 말리면 안 되는데 안 되는데 하면서도 묘하게 설득됐다. 역시나 1등은 1등이었다. 엄마가 이래서 공부하라고 하는 건가 싶었다.

"어떤 탐정은 범인을 찾아 주고 어떤 탐정은 물건을 찾아 주고, 또 너 같은 탐정은 고민의 답을 찾아 주는 거지. 예를 들어 변호사들도 이혼 전문 변호사가 있고 상속 전문 변호사가 있잖아. 너는 고민 해결 전문 탐정인 거야."

맹탐정은 자신도 모르게 무릎을 탁 쳤다. 그래, 세상에 탐정은 많으니까 나는 고민 해결 전문 탐정을 하면 될 것 같다. 맹탐정은 좀 전과는 다르게 허리를 꼿꼿이 세웠다.

"언니, 그래서 언니 고민이 뭐예요? 미리 말해 두지만 전 공부 쪽은 잘 몰라요."

"내가 설마 너한테 공부 알려 달라고 왔겠어?"

영은 언니는 이렇게 말한 후 한숨을 크게 내쉬었다.

"엄마 문제야."

윤미에 이어 또 엄마 문제인가. 이러다 고민 해결 전문 탐정이 아니라 엄마 고민 해결 전문 탐정이 되는 건 아닐까. 영은 언니네 엄마, 즉 미숙 씨는 동네 우체국에서 일한다. 상냥하고 사근사근한 성격은 아니지만 일 처리가 야무지다는 평가다. 물론, 맹탐정 엄마의 의견이다.

"아줌마가 왜요?"

"나는 내가 정주시에 있는 고등학교에 가게 될 줄 알았어."

"당연한 거 아니에요? 언니가 정주시로 안 가면 누가 가요."

영은 언니가 고개를 저었다.

세상에는 자명한 일들이 있다. 밥을 안 먹으면 배가 고프다는 것, 잠을 안 자면 졸리다는 것, 맹탐정은 관찰력이 뛰어나다는 것 등이다. 그리고 영은 언니가 정주시에 있는 고등학교를 갈 거라는 것도 이에 속한다. 도대체 영은 언니가 아니면 누가 도시로 나갈까?

시골에 사는 사람들은 알 것이다. 아이들이라면 모두 도시로 나가고 싶어 한다는 것을. 맹탐정은 여태껏 한 번도 산이군에서 평생 살겠다는 애들은 본 적이 없다. 모두들 어떡해서든 산이군을 떠나고 싶어 한다. 어른들도 마찬가지다.

'그때 나갔어야 했는데…….' 산이군을 떠나지 않았던(혹은 못했던) 어른들은 이런 식으로 말했고, 산이군을 떠났다 돌아온 사람들은 '다시 나가야 하는데…….'라고 말했다. 간혹 산이군을 떠나 도시에 나가 살고 있는 친구들이라도 놀러 오면 늘 도시 생활에 대해 묻곤 했다. 그들이 가져오는 도시의 냄새는 산이군 사람들을 흥분시켰고 곧 이곳을 떠나야 한다는 간절함으로 바뀌곤

했다.

맹탐정도 마찬가지다. 맹탐정이 공부를 하는 이유는 맹탐정의 언니처럼 정주시에 있는 고등학교에 가기 위해서다. 아마 맹탐정의 언니도 그랬을 것이다. 이곳 사람들에게 여기 남는다는 것은 실패를 의미했다. 아직 펼쳐 보지도 못한 꿈들이 산이군 안에서 풍선처럼 떠다녔다. 바람결에 흘러가지 않으면 언젠가 푸우우 하고 땅으로 꺼질 꿈들이.

"아줌마가 반대한다는 거예요?"

영은 언니가 고개를 끄덕였다.

"왜요?"

"엄마가 한번 해 봤는데……."

맹탐정이 영은 언니가 말하는 사이 "아!" 소리를 내며 끼어들었다.

"아줌마도 정주여고 나왔다고 했죠?"

영은 언니가 고개를 끄덕였다.

"그럼 더 응원해 줘야 하는 거 아니에요?"

영은 언니가 고개를 저었다.

"그러니까. 근데 정반대야."

영은 언니가 자신 앞에 놓인 차를 한 모금 마시고는 고개를 돌려 창밖을 바라봤다. 맹탐정은 영은 언니가 혼자 생각할 시간을 줬다. 언니의 꿈이 뭔지는 모르겠지만 아마 이곳에서 평생 사는 건 아닐 것이다. 정주시에 있는 고등학교에 입학하고, 서울에 있는 대학에 들어가 하고 싶은 공부를 하고, 나중에 외국까지 나가고 싶을지도 모르겠다. 어쨌든 이곳은 아닐 것이다.

"난 기자가 되고 싶어."

"기자요? 우와!"

맹탐정은 '○○뉴스 왕영은입니다.'라고 말하는 영은 언니의 모습을 상상했다. 생각만 해도 멋졌고 언니라면 무조건 할 수 있을 거란 믿음이 생겼다.

"그러려면 경험을 많이 해야 돼. 우물 안 개구리가 돼서는 안 돼."

"맞아요! 기자는 그래야 해요."

"근데 엄마는 여기서 산이고등학교 가서 지금처럼 1등 하다가 나중에 교대나 가래."

"교대 가면 좋지."

아이스오미자차를 추가로 가져온 엄마가 말했다.

"엄마, 그럼 엄마는 승옥 언니 왜 정주여고 보냈는데?"

맹탐정이 따지듯 말하자 엄마가 흠흠 목소리를 가다듬더니 "걔는 의사가 되고 싶다잖아. 여기서는 의대 가기가 어려우니까 그랬지." 했다.

"그럼 교대는?"

"교대는 매년 한두 명은 갔잖아."

"아, 교대는 여기서도 갈 수 있으니 안 나가도 된다, 그거야?"

엄마가 오미자차를 내려놓았다.

"굳이 나갈 필요 있냐는 거지."

"언니는 꿈이 기자라잖아, 교사가 아니라."

"얘, 너는 뭘 좀 모르면 가만히 있어라. 요즘은 안정적인 직업이 최고야."

"엄마, 엄마가 영은 언니야? 이건 영은 언니 인생이야."

"누가 아니래? 어른으로서 말도 못 하니?"

맹탐정이 맹렬히 고개를 끄덕였다.

"말하지 마, 그런 식으로 말할 거면. 엄마는 언니도 아니잖아. 언니 인생이니까 엄마는 언니한테 말할 자격 없어."

"그럼 너는?"

엄마가 그렇게 물었을 때 맹탐정은 턱을 치켜들고 당당하게 말했다.

"난 의뢰받았는데?"

엄마가 영은 언니를 쳐다보자 영은 언니도 고개를 끄덕였다.

"제가 상담을 요청한 거니까 승지는 충분히 말할 자격 있어요."

"아, 결국 나는 말할 자격이 없다는 거네? 참 내. 그래 둘이 잘

해 봐라!"

엄마가 가자 영은 언니가 테이블 위에 놓인 맹탐정의 손을 잡았다.

"엄마가 여기 살다가 정주시로 갔잖아. 그때 무슨 일이 있었던 것 같아. 말 안 해 줘서 잘 모르겠지만……. 네가 그걸 좀 알아다 줘. 그럼 내가 그걸 바탕으로 엄마를 설득할 수 있잖아. 정주시로 못 나간다고 생각하니까 요즘엔 공부도 하기 싫고 밥도 먹기 싫어."

그러고 보니 영은 언니의 얼굴이 많이 야위어 보였다.

"너, 탐정이잖아!"

맹탐정은 누군가 추켜세워 주면 자신이 감당할 수 있는지 없는지도 따지지 않고 방방 뜨는 나쁜 습관이 있는데, 이번에도 그랬다. 너, 탐정이잖아, 라는 말을 듣자마자 알겠다고 해 버린 것이다. 미숙 씨가 고등학교 때면 지금으로부터 20년 전인데 그때의 일을 어떻게 알아낼 수 있을까.

하지만 맹탐정에게는 두 개의 무기가 있었다. 똑똑한 머리와 튼튼한 다리. 이 두 개면 충분하다!

우선 미숙 씨와 친구인 황 여사를 찾아나섰다. 엄청난 수다꾼인 황 여사라면 닭, 이라고 운만 떼어도 양념치킨, 프라이드치킨,

찜닭에 달걀에 대한 것까지 모두 말해 줄 것이다. 미숙 씨와 황 여사는 어렸을 적부터 같이 자랐지만 미숙 씨가 정주시로 나가면서 헤어졌다가 다시 만났다고 했다.

"언니!"

윤미와 정아가 지나가다 맹탐정을 발견하고는 인사를 했다. 맹탐정도 하마터면 안녕, 이라고 인사할 뻔했지만 이내 좀 전에 영은 언니에게 들은 얘기를 떠올리며 아무 말도 하지 않았다.

"언니, 무슨 일 있어요?"

"됐고, 혹시 아줌마 어디 계셔?"

"우리 엄마요?"

맹탐정이 고개를 끄덕이자 윤미가 "세탁소요."라고 말했다. 그러면서 "언니, 이번 주에 정주시로 팥빙수 먹으러 안 갈래요?" 했다.

"됐어!"

맹탐정이 말하자 윤미와 정아가 시무룩해져서는 맹탐정의 눈치를 살폈다. 맹탐정은 자신의 심기가 왜 불편한지 말하고 싶은 걸 간신히 참고 세탁소로 향했다. 세탁소 근처에 있는 전봇대에 플래카드가 걸려 있었다.

축 강은정 박사 귀국 하

강은정 박사는 산이군이 배출한 최고의 인재이다. 산이고등학교를 나와 지방 대학교에 입학했다가 미국으로 유학, 미국의 무슨 대학교에서 미생물 연구를 했는데 그게 유명한 잡지에 실리면서 세계적인 연구자가 됐다고 한다. 한국, 그것도 서울대가 아니라 지방 대학교를 나와 미국으로 유학을 가서 성공한 거라 미디어에서는 '21세기 마지막 용'이라고 잔뜩 추켜세워 주고 있다.

강은정 박사님이 산이군에 한 번 방문한 적이 있는데 그때 군수뿐만 아니라 도지사까지 오고 난리도 아니었다. 다들 전설에나 나오는 용이라도 본 듯 눈을 끔뻑이며 박수를 쳤다. 맹탐정의 엄마도 그 장면을 보고는 맹탐정을 향해, "너도 저런 사람이 되어야 한다."라고 했었다. 물론 그다음에 곧 "아니다, 대학이나 가면 다행이지."라고 말했지만.

맹탐정이 바람에 휘날리는 플래카드를 유심히 바라보고 있는데, 마침 황 여사가 세탁소에서 나왔다.

"아줌마, 안녕하세요!"

"어, 그래, 승지야. 안 그래도 카페 가려고 했는데."

"왜요?"

"왜긴, 그냥 가는 거지."

"그럼 같이 가요. 저도 가는 길이었어요."

맹탐정과 황 여사는 자연스레 같이 걷게 됐다. 맹탐정은 은근슬쩍 영은 언니 이야기를 흘렸다.

"영은 언니 이번에 성적 떨어졌다는 이야기 들으셨어요?"

"그거 산이군에 살면 지나가는 똥개도 아는 거 아니냐? 도대체 무슨 일이 있었대? 미숙이한테 물어도 나라고 알겠니, 이러기나 하고. 그럼 지가 알지 내가 아나."

"고민이 있나 봐요."

"무슨 고민?"

"자세히는 모르는데 영은 언니가 정주시로 나가고 싶어 하잖아요. 근데 아줌마가 안 된다고 했대요."

"미쳤네, 미쳤어. 나가겠다고만 하면 집을 팔아서라도 내보내야지, 하나밖에 없는 딸인데."

"그래서 말인데요, 영은 언니네 아줌마도 고등학교 정주시로 갔잖아요. 그때 무슨 일 있었어요?"

"그거야 내가 모르지!"

황 여사가 흥분해서 갑자기 말을 쏟아 내기 시작했다.

"우리 윤미는 아예 중학교 때부터 정주시로 보내 버릴 거야. 얘 지금 영어 학원 갔겠지? 낮에는 핸드폰도 안 되고 답답해서 원. 요새 애들 정말 문제야. 시도 때도 없이 카톡하고 전화하고. 그러니까 성적이 나와? 얘, 도시 애들은 카톡 같은 거 안 한다더라. 공부에 방해된다고."

"네? 설마요. 우리 언니 저랑 카톡 잘만 하는데요?"

"갠 완전한 도시 애는 아니라서 그런가 보지."

황 여사가 이렇게 말하고는 카페 안으로 들어가 버렸다. 영양가 0프로의 대화였다. 맹탐정은 따라 들어갈까 하다가 그대로 그냥 집으로 올라가 버렸다.

방 침대에 누워 우선 생각을 정리했다.

미숙 씨는 영은 언니가 고등학교를 정주시로 가는 걸 반대한다.

미숙 씨는 고등학교 때부터 정주시에 살았는데 그때 무슨 일이 있었다.

미숙 씨는 남편과 이혼하고 영은 언니만 데리고 산이군에 왔다.

미숙 씨는 영은 언니가 정주시로 나가지 않고 산이고등학교에 가길 원한다. 대체 왜?

모든 생각이 도돌이표였다. 그러나 확실한 건, 미숙 씨가 이곳을 떠났던 17세부터 다시 돌아온 34세 사이에 무슨 일이 있었다는 것이다. 그리고 그걸 아는 사람은 미숙 씨밖에 없다.

맹탐정은 정공법을 택하기로 마음먹었다. 미숙 씨 주변의 아는 사람을 아무리 찾아다녀 봤자 미숙 씨에게 일어났던 일을 가장 잘 아는 사람은 미숙 씨뿐이다. 영은 언니가 공식적으로 의뢰한 일이니 오지랖도 아니다. 맹탐정은 그대로 몸을 일으켜 우체국으로 갔다. 다행히 조금만 기다리면 우체국이 끝날 시간이었다.

- 언니, 거기 좋아?

미숙 씨를 기다리는 동안 언니에게 연락을 했다.

- 네가 웬일이냐?

언니에게 바로 답이 왔다.

- 그냥. 거기 좋냐고!

- 너도 오게? 그러려면 공부 열심히 해야 돼.

- 누가 뭐래?

- 또 저런다. 왜 연락했는데?

- 거기 좋냐고. 정주시에서 학교 다니니까 좋냐고!

- 별로.

맹탐정은 예상치도 못한 대답에 잠시 동안 멍하니 서 있었다. 언니에게 뭐가 별로냐고 물어볼 틈도 없이 미숙 씨가 맹탐정을 보고 아는 체를 했다.

"승지 아니야?"

맹탐정은 고개를 끄덕였다.

"여쭤볼 말이 있는데 잠깐 시간 되세요?"

맹탐정의 부탁에 미숙 씨는 어리둥절한 표정이었다. 그러나 보통의 사람들이 그렇듯 어린애의 부탁을 딱 잘라 거절하지 못했다. 맹탐정이 "영은 언니 때문에요."라고 말하자 미숙 씨가 맹탐정을 따라나섰다.

맹탐정과 아줌마는 산책로를 걸었다. 선선한 바람이 맹탐정과 아줌마의 머리 위로 공평하게 불었다. 자연이란 누구에게나 공평하구나. 공평의 다른 말은 공정이다. 이는 맹탐정이 인생에서 가장 중요하게 생각하는 가치이다. 사람은 자신에게도 타인에게도 공정해야 한다.

"아줌마, 인생에 있어서 공정함이 중요하다고 생각하세요?"

"그렇다고는 생각하는데, 그걸 왜 묻니?"

"단도직입적으로 말할게요. 아줌마는 정주시로 나갔으면서 왜 영은 언니는 못 나가게 하세요? 그건 공정한 게 아니잖아요."

"걔가 너한테 그러디? 내 원 참. 어린 동생한테 그게 할 소리니."

"저는 그냥 동생이 아니라 탐정이에요."

"안 그래도 네 엄마가 네가 탐정놀이에 심취해서 큰일이라고 하더라. 너도 이제 마음 잡고 미래를 준비해야지, 언제까지 탐정 타령 할 거야."

"우선 저는 탐정놀이를 하는 게 아니라 산이군에 한 명밖에 없는 진짜 탐정이에요. 만약 저마저도 없다면 산이군에서 탐정이 필요한 사람들은 어떡해요? 저를 어린애 취급하지 마시고 영은 언니가 보낸 외교관쯤으로 생각해 주세요."

미숙 씨가 혼자서 씩 웃더니 입을 열었다.

"영은이가 너한테 이 일을 부탁하면서 이 말은 안 해 줬나 보구나. 내가 괜히 그러는 게 아니라 다 겪어 봐서 그래. 내가 다 겪어 봐서……."

"그게 무슨 의미예요? 아줌마 정주여고 나온 건 저도 이미 알고 있는데요."

"승지야, 네가 탐정이니까 아줌마가 하나 물을게. 여기에서 정주시로 나가서 잘된 사람이 얼마나 될까?"

맹탐정은 걸음을 멈추고 아줌마를 바라봤다. 한 번도 해 보지 않은 생각이었다.

"승옥이도 정주여고 다니지?"

맹탐정이 고개를 끄덕였다.

"승옥이는 어떻대? 좋대?"

좀 전에 카톡으로 나눴던 대화가 생각났지만 진심이 아닐 거라 믿고 맹탐정은 고개를 끄덕였다.

"승옥이가 정말 좋다고 했어?"

맹탐정이 이번에는 더 크게 고개를 끄덕였다. 언니는 거짓말을 한 거야. 좋으면서 아닌 척. 거기는 영화관도 있고 예쁜 카페도 많고 무엇보다 다들 세련됐잖아. 그리고 자유로워. 여기는 아니야. 여기는 사람만이 아니라 시설도, 분위기도 모두 늙어 가. 게다가 여기서는 비밀을 만들 수도 없어. 모두가 나를 알고, 나도 모두를 알

아. 익명성이 없어. 숨 막히고 답답해. 그런데 이곳을 떠나서 간 그곳이 좋지 않다는 게 말이 돼?

"나는 안 그랬어. 너무 힘들고 외로웠어……. 물론 처음 갔을 때는 좋았지. 볼 것도 많고 자유롭고. 그런데 시간이 지나면서 점점 힘들어졌어. 다섯 평짜리 방에 들어갈 때마다 숨이 턱턱 막혔어. 나중에는 집에 들어가기가 싫을 정도였어."

"아줌마……."

"영은이는 내가 내 목숨보다 더 사랑하는 딸이야. 설마 딸에게 나쁜 걸 주겠니? 세상에 그런 부모가 있을까? 나는 영은이가 정주시에 가서 외롭게 생활하다가 좋은 대학 가는 거 원하지 않아. 여기서 내가 해 주는 따뜻한 밥 먹고 성적에 맞춰 대학에 가면 돼."

"그래도 영은 언니는 나가고 싶어……,"

"너 어릴 때 엄마한테 사탕 달라고 하면 엄마가 다 줬니?"

맹탐정은 고개를 저었다.

"그래, 몸에 안 좋으니까 아마 몇 개 안 줬을 거야. 그거랑 똑같아. 영은이가 달라는 대로 사탕을 줄 수는 없어."

미숙 씨가 맹탐정의 손을 잡았다.

"이제 아줌마가 부탁할게. 지금까지 내가 한 말 네가 영은이한테 잘 전해 줘."

맹탐정은 미숙 씨의 말에 조금 설득된 참이었다.

“만약에 영은 언니가 외롭게 생활해도 되니까 정주시로 나가고 싶다면요? 그래서 좋은 대학교에 가고 싶다고 하면요?”

“아까 내가 했던 질문 생각나니? 정주시로 가서 잘된 사람이 얼마나 될 거 같냐고 물었었지. 그 대표적인 케이스가 나야. 수재라고 어릴 때부터 얼마나 칭찬받고 자랐는데. 그러다 정주여고 가니까 나보다 안 똑똑한 애들 없더라. 그러다 지금 이 모양 이 꼴로 살고 있잖아.”

“아줌마가 어때서요.”

미숙 씨가 자신의 발끝을 내려다보며 말했다.

“영은이가 원하는 게 나처럼 사는 건 아닐 거야. 나는 영은이가 거기 나가서 처절하게 깨지고 외롭고, 무엇보다 자괴감을 느끼는 게 싫어. 내가 그랬던 것처럼…….”

아줌마가 성큼성큼 걸어갔다.

집으로 돌아가는 길, 맹탐정은 사랑에 대해 생각했다. 아줌마는 분명 영은 언니를 사랑한다. 그래서 자신이 겪은 실패를 겪게 하고 싶지 않은 것이다. 여기를 떠나 도시로 가면 모두가 행복할 줄 알았는데……. 그런데 처음으로 그게 아닐지도 모른다는 생각이 들었다.

집에 도착하자마자 “엄마!” 하고 불렀다. 카페는 할머니에게 잠깐 맡기고 저녁을 차려 주기 위해 올라온 엄마가 숟가락을 든 채 현관 쪽으로 나왔다.

"너 어딜 그렇게 싸돌아다니는 거야?"

"엄마, 엄마는 서울 살다가 스무 살 넘어서 여기로 온 거잖아. 그때 어땠어, 마음이?"

"마음이 뭐 어때. 그냥 시골이다, 했지."

"그래서 싫었지? 서울이 훨씬, 천만 배, 백만 배 더 좋았지?"

"사람 사는 데가 다 거기서 거기지 뭐. 다 똑같아."

"그래도 여기는 영화관도 없고 익명성도 없고, 막 지긋지긋하지 않아?"

"익명성이라는 말은 어디서 들어 가지고. 내일 승옥이 온대."

"엄마, 영은 언니네 아줌마는 영은 언니가 정주시로 나가는 거 결사 반대래."

"아까 얼핏 들었어. 넌 남 일에 끼지 말고 네 앞가림이나 잘해."

"엄마는 말을 해도 꼭 그런 식으로 하더라!"

"누나는 엄마한테 말버릇이 그게 뭐야?"

소파에 앉아서 만화를 보고 있던 맹똘이가 불쑥 끼어들었다.

"너 죽을래?"

맹탐정이 성큼성큼 맹똘이에게 다가가는데 엄마가 "재가 뭐 틀린 말 했어? 엄마가 네 친구야?"라고 했다.

맹탐정은 맹똘이 머리를 쥐어박은 뒤 엄마를 향해 말했다.

"꼭 나한테만 이래! 내가 올백 받아서 여기 뜬다!"

맹탐정이 방문을 닫고 방으로 들어갔다. 그런데 힘 조절을 못 해서 쿵 소리가 집 안 전체에 울렸다. 정말 하늘에 맹세코 일부러 문을 쾅 닫은 게 아니다. 맹탐정이 조마조마한 채로 문밖에 귀를 기울였다.

"맹승지! 너 다시 나와서 문 제대로 닫고 들어가."

맹탐정은 일부러 구석에 가서 쭈그려 앉았다. 일부러 그런 건 아니지만 나가서 다시 문을 살살 닫고 오는 건 자존심 상하는 일이다.

"하나, 둘, 셋, 넷……."

맹탐정은 엄마의 입에서 다섯이란 숫자가 나오기 전 방문을 열고 나갔다. 그러나 그대로 방문을 살살 닫고 들어올 수는 없어서 일부러 화장실로 가서 열을 세고 나왔다. 그리고 다시 방문을 살살, 그러나 소리가 아예 없지는 않게 닫았다. 다행히 이번에는 별말이 없었다.

"밥 먹어. 문에 귀 대고 있는 거 다 알아."

맹탐정은 그대로 침대로 가 이불을 뒤집어썼다. 익명성이 있는, 그래서 맹탐정을 아무도 못 알아보는 곳으로 꼭 갈 것이다. 그럼 문도 매일 쾅쾅 닫고 다녀야지!

맹탐정은 학교가 끝나자마자 영은 언니를 카페로 불러냈다. 영은 언니에게 어제 미숙 씨와 나눴던 이야기를 한 후에 맹탐정의 계획을 말했다. 그건 바로 '전수조사'이다.

"언니, 아줌마는 정주여고로 가면서 외롭고 힘들었다고 하지만 그건 아줌마의 경우잖아요. 우리가 여기저기 수소문해서 산이군에서 정주시로 나간 언니들 오빠들을 찾아보면 어때요? 그리고 물어보는 거예요. 나가서 좋았는지 아닌지를요. 객관적인 자료를 들이밀면 아줌마도 마냥 반대는 못할 거 아니에요?"

영은 언니가 두 손을 모은 채로 맹탐정을 바라봤다.

"역시 공부랑 머리랑은 상관없나 봐. 너 정말 똑똑하다."

분명 칭찬인데 맹탐정은 기분이 썩 좋지 않았다. 어쨌든 이따 엄마를 만나면 산이중학교에서 공부를 제일 잘하는 영은 언니에게 머리 좋다는 걸 공식적으로 인정받았다는 사실을 꼭 말해 줄 것이다.

"근데 우리 둘이 하기에는 너무 많지 않아? 혹시 우리 도와줄 애들 있을까?"

언니가 그 말을 하는 순간 윤미와 정아, 용우가 떠올랐지만 이내 고개를 저었다. 공적인 일 빼고는 절대 말을 섞지 않을 것이다. 여기서 말하는 공적인 일이란 탐정 일과 관련된 것들이다. 어제처럼 황 여사를 찾아야 해서 길을 물어보는 일 등 말이다. 그런데 생각해 보니 전수조사도 공적인 일이긴 하다.

맹탐정은 일을 제대로 해내지 못하는 게 자존심 상하는 일이지 공적인 일로 고개를 잠깐 숙이는 건 부끄러운 게 아니라는 결론을 내렸다.

"언니, 혹시 미스 마플 알아요?"

"애거사 크리스티?"

"애거사 크리스티가 누구예요?"

"너 탐정이 꿈이라면서 애거사 크리스티도 몰라?"

"전 셜록 홈스 팬인데요."

"미스 마플 창조한 사람이야. 엄청 유명한 추리 작가인데."

"아, 미스 마플 쓴 사람이 애거사 크리스티구나."

"너 그럼 셜록 홈스 쓴 작가는 아냐?"

"그럼요!"

"누군데?"

"왓슨이잖아요!"

맹탐정의 대답에 영은 언니가 미간을 찌푸렸다.

"너한테 고민 상담한 게 맞는 걸까 싶다."

영은 언니가 살짝 후회하는 듯했다. 왓슨이 아닌가? 분명 셜록이 사건을 해결하면 왓슨이 기록했는데…….

"근데 미스 마플 아는지는 왜 물었어?"

"아니 이 일이 잘 해결되면 문화상품권을 줄 수 있나 해서요. 미스 마플 나오는 책 몇 권 사려고요. 왜냐하면 저는 자원봉사자가 아니라 엄연히 탐정으로서 일하는 거라 꼭 대가를 받아야 하거든요. 이건 제 철칙이에요. 노동에 대한 대가는 꼭 받는다! 물론 언니가 엄청 가난하거나 그러면 제가 참작해 줄 수는 있지만……."

"알았어, 알았어! 나도 열정페이 이런 거 엄청 싫어하는 사람이야. 일을 해 줬으면 돈을 줘야지. 거기다 열정까지 더해서 일했으면 더 줘야지. 그래서 문화상품권 몇 장 주면 돼?"

역시 똑똑하다.

"두 권 정도 사고 싶은데 그럼 만 원짜리 세 장은 필요하겠죠?"

"좋아! 거래 성사!"

영은 언니는 어떤 협상도 시도하지 않고 깔끔하게 고개를 끄덕였다. 보수 협상도 잘됐으니 이제 일만 하면 된다. 그러려면 배신 3인방의 도움이 필요하다.

그래서 윤미와 정아, 용우를 불러내서 주변에 정주시로 고등학교를 간 사람들을 수소문해 달라고 했다. 그리고 정주시로 나간 걸 후회하는지 물어봐 달라고 했다. 아마 후회하지 않는다는 대답이 압도적으로 많을 것이다. 말은 제주도로 사람은 정주시로!

지시를 끝내고 가려는데 윤미가 "언니 혹시 저한테 뭐 섭섭한 거 있어요?"라고 물었다. 맹탐정은 턱을 치켜세우고는 도도하게 "아니."라고 말했다.

배신 3인방과 헤어지고 맹탐정은 언니를 마중 나갔다. 한 달에 한 번, 언니는 산이군으로 온다. 와서 반찬도 싸 가고 할머니도 보고, 무엇보다 잠을 실컷 자고 간다.

"언니!"

버스 정류장의 간이 의자에 앉아 버스에서 내리는 언니를 향해 손을 흔들었다. 양손에 봉지를 들고 있던 언니가 맹탐정을 보더니 환하게 웃었다. 예쁜 언니! 언니가 웃는 모습은 정말 좋다. 맹탐정은 슬며시 웃으며 언니를 바라봤다. 그러나 이내 벌어진 입을 꾹 닫고 화난 척 연기했다.

그냥 맹탐정이 언니를 좋아한다는 사실을 언니가 눈치채는 게 싫다. 맹탐정은 자신이 언니를 싫어한다고 언니가 믿었으면 좋겠다고 생각했다. 물론 엄마와 맹똘이는 진짜 싫어하는 게 맞다. 이 집에서 맹탐정이 좋아하는 사람은 할머니와 언니밖에 없다. 자기 자신은? 그건 잘 모르겠다. 어떨 땐 마음에 들었다가 어떨 땐 너무 싫다. 평생 자기 자신으로 살아가야 한다는 게 고문처럼 느껴질 때도 있다. 그럴 땐 얼른 산이군을 떠나 익명성의 바다인 정주시로 나가고 싶어진다. 아무도 자신을 모르는 곳, 그런 곳이라면 뭐든 할 수 있을 것만 같다.

"마중 나온 거야?"

"아니, 그게 아니라 시간이 애매하게 남아서."

"알았어, 알았어. 넌 절대 나를 마중 나온 게 아니야. 됐지?"

언니가 그렇게 말하고는 맹탐정의 팔에 팔짱을 끼었다. 맹탐정은 귀찮은 척했지만 팔을 빼지는 않았다.

"언니, 물어볼 게 있는데, 진짜 정주시 별로야?"

"아니, 좋은데."

"어제 카톡으로 물었을 땐 싫다고 했잖아."

"그땐 싫었어."

"그게 뭐야."

언니가 바닥을 탁탁 차면서 말했다.

"왜 그런 거 있잖아. 어제는 떡볶이가 엄청 먹고 싶었는데 아침에 일어났더니 아무것도 먹기 싫은 거. 사람 마음이란 게 그렇잖아. 엄청 엄청 이곳을 떠나고 싶었는데 막상 이곳을 떠나니까 여기가 너무 그리운 거지."

"여기가 그립다고?"

맹탐정이 멈춰 서서 언니를 쳐다봤다.

"말도 안 돼."

맹탐정은 언니를 노려보면서 "나 못 나가게 하려고 거짓말하는 거 아니야? 난 꼭 나갈 거야. 여기서 평생 썩을 수는 없어, 엄마처럼. 아니, 엄마도 어린 시절에는 서울에서 컸잖아! 나 설득할 생각

절대 하지 마." 했다.

언니가 맹탐정을 향해 또다시 예쁘게 웃었다.

"세상이 다 네 위주로 돌아갈 거라고 생각하지 마. 난 너 생각도 안 했어."

언니가 맹탐정의 팔을 끌었다.

"여기가 지긋지긋하다고 거기가 좋을 거라고는 생각하지 마. 내 생각엔 말이야, 사람 사는 데는 다 똑같은 거 같아."

"사람 사는 데가 다 똑같으면 아빠는 왜 여기를 떠났겠어? 다 똑같다면 말이야."

맹탐정이 오랫동안 했던 고민을 언니에게 꺼내 놓았다. 이곳이 정말 좋은 곳이라면 아빠가 떠나지는 않았을 것이다.

"여기서는 자아를 찾을 수가 없으니까 떠났겠지."

"그니까. 아빠 자아는 여기에는 없고 도시에만 있다잖아."

"그래? 내 자아는 여기에도 있는데?"

언니는 늘 잘난 척만 한다. 이런 모습 때문에 맹탐정이 언니를 좋아하는 티를 내지 않는 것이다. 만약 맹탐정이 자기를 좋아한다는 걸 알면 얼마나 더 잘난 척을 할까.

"영은 언니네 아줌마는 영은 언니가 정주시로 가는 게 싫대."

"그래?"

"놀라지도 않네."

“그게 놀랄 일이야?”

“암튼 왜 그런지 알아?”

“왜 그런데?”

“아줌마가 겪어 봤는데 너무 힘들대. 무슨 일이 있었던 것도 같은데 그건 말 안 해 줘. 그냥 힘들대. 영은 언니한테 힘든 일 겪게 하고 싶지 않대.”

언니가 고개를 끄덕였다.

“나는 이해가 가. 정말 힘들어. 뭐라 설명할 수는 없지만 상상과는 전혀 달라.”

“뭐가 그렇게 힘든데? 잔소리할 사람도 없고 하고 싶은 대로 다 하면서 살 수 있는데.”

“그게 힘들어. 잔소리하는 사람이 없다는 게. 그리고 공부도 힘들어. 여기서 정주시로 나가는 애들이라면 다들 우등생이었을 텐데 거기 가면 그냥 평범한 애들 중에 한 명이거든. 그걸 받아들이는 게 힘들어……. 나도 정주시 가기 전까지는 내가 진짜 잘난 줄 알았어. 벼락치기해도 늘 성적이 잘 나왔으니까.”

“언니가 평범하다고?”

언니가 고개를 끄덕였다.

“나 이번 중간고사도 망한 것 같아. 의대는 무슨. 국립대도 어려워.”

언니가 한숨을 내쉬었다.

"무엇보다 너무 외로워. 학교 끝나고 집에 갈 때마다 정말 들어가고 싶지가 않아. 항상 어두운 집, 불을 켤 사람이 나밖에 없는 집. 상상만 해도 너무 외로워."

"아무도 간섭 안 하고 좋지 않아?"

언니가 고개를 저었다.

"승지야, 언니 많이 힘들어."

맹탐정은 그때 처음으로 언니를 향해 자신의 마음을 보여 주고 싶었다. 자신이 언니를 얼마나 좋아하는지, 언니가 얼마나 예쁜지. 그러니 외로워하지 말라고, 슬퍼하지 말라고.

"그래서 후회해?"

언니가 고개를 저었다. 누굴 놀리나! 언닐 좋아한다는 말은 취소다, 취소!

"왜?"

"나가도 후회, 안 나가도 후회. 친구들 보면 그렇더라고."

나가도 후회, 안 나가도 후회? 좀 멋진 말이라는 생각이 들었다. 미숙 씨도 만약 고등학교를 이곳에서 나왔다면 평생 후회했을 것이다. 그때 정주시로 나갔어야 한다고. 나가도 후회, 안 나가도 후회라면 그 선택은 본인이 해야 하는 게 아닐까? 맹탐정은 얼른 집으로 가서 맹탐정 노트에 적고 싶었다.

윤미, 정아, 용우, 영은 언니, 맹탐정 이렇게 다섯 명이 전통카페 한구석에 앉았다. 엄마는 아이스오미자차를 내주었다. 붉은색의 오미자차는 맹탐정이 가장 좋아하는 차다. 맛있어서가 아니라 순전히 색 때문이다. 붉은색의 오미자차를 가득 머금고 있다 보면 석양이 지는 바닷가를 입 안에 넣고 있는 기분이다. 상상만으로도 황홀하다. 아니 상상 때문에 황홀하다. 맹탐정은 먹는 것, 입는 것, 자는 것보다 상상하는 걸 좋아한다.

『사람은 무엇으로 사는가』라는 책을 보고(굳이 잘난 척하고 싶지는 않지만 맹탐정은 톨스토이를 읽는다) 맹탐정은 무엇 때문에 사는가 고민해 본 적이 있다. 그땐 꿈 때문에 산다고 생각했는데 지금은 바뀌었다. 꿈이 아닌 상상 때문에 산다.

만약 엄마가 이 글을 본다면 꿈이나 상상이나, 라며 비아냥거릴 텐데 꿈과 상상은 많이, 엄청 다르다. 꿈이 선생님이 되겠다, 의사가 되겠다, 기자가 되겠다, 이런 것이라면 상상은 하늘을 날고 있는 자신을 머릿속에 그리는 것이다. 오미자차를 마시며 석양이 지는 바다가 입 안에 있다고 생각하는 것처럼.

"언니."

정아가 내 옷소매를 잡아당기며 "또 딴생각해요?"라고 물었다. 딴생각이 아니라 상상이야, 라고 말하려다 자신만의 비밀로 남겨 뒀다.

“아니야! 그럼 시작할까?”

“저는 우선 다섯 명을 조사해 봤어요.”

윤미가 공책을 넘기며 말했다.

“정아는?”

“저는 세 명이요.”

“나는 두 명.”

“두 명? 너무 적은 거 아니야?”

맹탐정이 핀잔을 주자 용우가 발끈했다.

“없는 걸 어떡하냐?”

“둘이 싸우지 말고. 나는 네 명 조사했어.”

영은 언니가 말했다.

“그럼 다섯 명, 세 명, 두 명, 네 명이면 열네 명이네요.”

“너는?”

맹탐정은 망설이다가 “한 명.”이라고 조심스레 말했다. 맹탐정은 실은 조사를 하지 못했다. 지난번 대화 나눴던 걸 바탕으로 아줌마를 조사 대상으로 친 것이다. 용우가 맹탐정을 노려봤다.

윤미부터 자신이 조사한 사례를 발표하기 시작했다. 결과적으로 여덟 명은 나간 걸 후회하고 일곱 명은 후회하지 않았다. 팽팽했다. 맹탐정의 예상과는 전혀 다른 결과였다.

"뭐야? 진짜야?"

영은 언니가 테이블에 엎드리면서 말했다.

"후회하는 사람이 그렇게나 많다고?"

"언니, 근데 이해되는 측면도 있더라고요."

윤미가 조심스레 말했다.

"제가 처음 통화했던 분은 후회하지 않는 쪽이었어요. 그분은 지금 서울에서 교수 생활을 하고 있는데 사람은 역시 큰물에서 놀아야 한다고 그때 여기를 떠나 정주고등학교 간 게 자신의 인생에서 제일 잘한 선택이라고 하더라고요."

"거봐!"

영은 언니가 흥분해서 내뱉었다.

"근데 또 다른 분은 정주시에서 치과 의사로 일하고 있는데…… 후회한다고 하더라고요."

"왜?"

"실은 그분이 저희 외삼촌인데요."

"근데?"

"외삼촌은 그때 타지에서 혼자 밥해 먹으면서 공부하는 게 너무 힘들었대요. 결과적으로 의대에 들어가긴 했지만 다신 하라고 해도 못 하고 만약 병식이가, 아, 병식이는 외삼촌 아들인데요, 병식이가 혼자 타지에 나가서 공부한다면 절대 반대래요."

"너무 이기적이야. 자기는 나가서 잘되고서는."

"외삼촌 말로는 결과만이 중요한 건 아니래요. 자기는 고등학교 시절을 떠올리면 혼자 밥 먹고, 혼자 잠들고, 혼자 일어나서 학교 간 기억밖에 없대요. 행복했던 추억이 없다고……."

"그래도 의사 됐으면 다 보상받았잖아."

"언니, 그 말은 좀 아닌 것 같아요."

이번엔 맹탐정이 나섰다.

"물론 저도 윤미 외삼촌이 다 옳다고는 생각하진 않지만, 인생이라는 게 결과를 내기 위해 사는 건 아니잖아요. 그러니까 우리가 지금 행복하지 않으면 나중의 행복이 무슨 소용이겠어요?"

맹탐정의 말이 끝나기도 전에 윤미와 정아, 용우가 한목소리로 "오~"라고 외쳤다. 맹탐정은 우쭐해져 의기양양한 표정을 지었다.

"어디서 또 주워들었나 보네."

맹탐정이 기쁨에 취할 새도 없이 쿠키를 가져다주러 온 엄마가 산통을 깼다.

"그럼 공부는 왜 하니? 나중에 다 잘 먹고 잘살려고 힘든 걸 참는 거지."

"그럼 엄마는 지금 불행해도 나중에만 잘되면 된다는 뜻이야?"

"누가 그렇대. 결과도 중요하다는 거지."

"나는 아니야. 나는 지금이 중요해. 지금 행복하게 살고 싶어."

“그래서 네가 공부를 안 하는구나?”

엄마가 마지막까지 맹탐정의 속을 박박 긁어 놓고 떠났다.

“내가 진짜 밤새 공부해서라도 여기를 뜰 거야. 엄마 때문에 살 수가 없어.”

“지금 행복한 게 중요하다며?”

용우가 딴지를 걸었다.

“그럼 평생 여기서 살란 말이야?”

용우가 한마디 더 하려는 차에 윤미가 말을 이었다.

“또 이런 사례도 있었어요. 산이군에 살 때는 자신이 최고인 줄 알았는데 막상 정주시로 나가 보니까 똑똑한 애들이 너무 많아서 기가 죽었대요. 성적도 생각만큼 나오지 않고요. 만약 여기서 고등학교를 다녔으면 우등생으로 평생 살았을 텐데 괜히 정주시로 나가는 바람에 좌절만 겪었다고요. 자신은 용의 꼬리보다는 뱀의 머리로 살 때 행복한 사람이었대요. 그래서 지금 이곳에 다시 돌아와서 학원을 하고 있다고요.”

“니네 아빠 얘기구나!”

윤미가 고개를 끄덕였다.

“아빠는 그래서 제가 정주시로 나가는 거 반대래요. 엄마는 적극 찬성이고요. 엄마는 공부 못해서 정주시로 못 나간 게 평생의 한이래요. 제가 정주시로 나가면 엄마도 따라 나간다고 했어요.”

윤미가 나지막이 한숨을 내쉬었다. 윤미가 정주시로 나가고 싶은 이유 중에는 엄마도 있을 텐데 거기까지 따라간다니…….

“사실 제가 인터뷰한 사람은 영은 누나 엄마예요.”

용우가 말했다.

“너도?”

“너도라니? 너도 아줌마 인터뷰했어?”

맹탐정은 영은 언니 눈치를 보다가 “아니.”라고 말했다. 이유는 하나다. 아줌마와 대화까지 했는데 아무것도 알아내지 못했다는 게 창피했다. 명색이 맹탐정인데…….

“아줌마랑 대화 먼저 해 보는 게 탐정 일의 기본 아니냐?”

“네가 탐정 일에 대해 알면 얼마나 안다고 그래? 너 탐정 일 해 본 적이라도 있어?”

“야! 또 싸우지 말고. 엄마가 그래서 뭐라는데?”

영은 언니의 제지로 용우와의 말다툼은 잠시 멈췄다.

“그게, 어제 엄마 심부름으로 슈퍼 갔다 오는데 아줌마가 걸어가시더라고요. 근데 좀 비틀거리셔서……,”

“어, 맞아! 엄마 어제 회식 있다고 하셨어!”

“제가 보니까 술을 좀 많이 드신 것 같더라고요.”

“그랬어? 나 요새 엄마랑 말 안 하거든. 엄마 들어오는 소리는 들었는데 일부러 안 나가 봤어.”

영은 언니의 얼굴에 갑자기 먹구름이 내려앉은 것 같았다.

"그래서 제가 아줌마 걱정돼서 옆에 따라갔거든요."

"고마워."

영은 언니가 용우에게 말했다.

"아니에요."

용우가 쑥스러운 듯 머리를 긁적이면서 말했다. 그러고 보면 용우는 말투에 비해 속마음은 따뜻한 것 같다. 윤미를 도와준 일부터 아줌마가 위험할까 봐 같이 가 준 것까지.

"어쨌든 그냥 아줌마 옆을 제가 따라갔거든요. 근데 대뜸 아줌마가 그러시는 거예요. 용우야, 너도 정주시로 나가고 싶어? 그래서 제가 반반이에요, 했거든요."

"뭐, 반반? 정주시로 안 나가고 싶다고?"

맹탐정이 놀라서 되물었다. 용우가 고개를 끄덕이면서 "응."이라고 짧게 답했다. 이번엔 윤미, 정아, 영은 언니가 다 같이 "정말?"이라고 되물었다. 용우가 이번에도 고개를 끄덕였다.

"난 잘 모르겠어. 여기나 거기나 비슷할 것 같아."

"왜?"

"몰라."

맹탐정은 정주시로 나가고 싶어 하지 않는 사람을 엄마 외에 처음 봤다. 엄마야 나가고 싶어도 자식 때문에 갈 수 없다지만 용우는 왜 그럴까? 맹탐정이 다시 물으려는 걸 영은 언니가 막고 용우를 재촉했다.

"그랬더니?"

"그랬더니 영은이는 나가고 싶어 난린데, 하고는 한참 동안 아무 말이 없었어요. 그러다가 팔을 올리는 거예요. 저는 술 취해서 몸을 못 가누시는 줄 알고 잡아 드리려고 했더니, 너도 강은정 박사 알지? 이러는 거예요. 그래서 봤더니 강은정 박사님 귀국 축하 플래카드를 가리킨 거더라고요."

용우가 음료를 한 모금 마셨다.

"쟤 중학교 때 나랑 같은 반이었어, 이러시더라고요. 그래서 내가 와, 좋으시겠어요, 유명인도 알고, 하니까 하하 웃으시더니 내가 쟤보다 공부 잘했다, 하시는 거예요."

"엄마가 강은정 박사님이랑 친구였다고? 처음 알았네."

"아마 누나한테도 말 안 했을 것 같더라고요. 아줌마는 1등, 강은정 박사님은 2등이었는데 지금은 처지가 완전히 다르다고요. 아줌마는 시골 우체국 직원이고 강은정 박사님은 세계적인 박사님이니까요. 제 생각이 아니라 아줌마가 그렇게 말했어요. 그러면서 만약 그냥 산이고등학교를 다녔다면 계속 1등 해서 지금쯤 강은정 박사님보다 더 유명한 박사가 됐을 거라고……."

"말도 안 돼. 그렇다는 보장이 없잖아."

영은 언니가 입을 쭉 내밀었다.

"그건 저희 생각이고 아줌마는 그렇게 생각 안 하시나 봐요. 당사자니까……."

잠시 동안 맹탐정 사무소에 정적이 흘렀다. 아줌마 마음을 누가 알까? 마치 한 번만 더 시험을 보면 합격할 수 있다는 망상에 빠진 아빠와 비슷해 보였다. 아빠는 대학 시절부터 사법고시를 준비했다. 거듭되는 낙방 끝에 엄마와 결혼하며 시험을 포기했는데, 어느 날 자아를 찾겠다는 명분 아래 집을 떠나 다시 시험 준비를 했다. 물론 또 떨어졌다. 아줌마도 처음에는 '나도 은정이처럼 산이고등학교에 갔으면 박사가 될 수 있지 않았을까?' 생각하다가 나중에는 확신했을 것이다. '됐을 것이다!'라고.

"아줌마가 그러시더라고요. 정주시 나가서 잘될 확률이 얼마나 될 것 같냐고요. 아줌마는 영은 언니가 정주시 나가서 자신처럼 자신감을 잃을까 봐 걱정이 되나 봐요."

맹탐정은 우체국 앞에서 만났던 미숙 씨와의 대화를 떠올렸다.

"내가 잘될지 잘 안 될지 엄마가 어떻게 알아?"

"그냥 아줌마는 그렇게 생각하시는 거죠. 우리 아빠가 한 번만 더 시험 보면 꼭 합격할 거라고 생각하는 것처럼요. 사람의 생각이라는 건 객관적인 게 아니잖아요."

그때 용우가 의심의 눈초리로 맹탐정을 바라봤다.

"너 아줌마 안 만났다며?"

"내가?"

맹탐정은 흠흠 목소리를 가다듬고는 "최근에 들은 얘기라고 한 적 없는데? 예전에, 그러니까 1년 전에 만나서 이야기한 거야."라고 했다.

그러자 용우가 한쪽 입꼬리를 씩 올렸다.

"너 아줌마 만났는데 이런 얘기 못 들어서 거짓말한 거지? 오늘은 내가 너보다 더 탐정 같다."

맹탐정이 아무 말도 못 하고 씩씩거리는데 영은 언니가 벌떡 일어섰다.

"나 지금 엄마한테 가서 말할 거야. 엄마랑 나는 다르다고! 엄마가 실패했다고 나까지 실패할 거라고 미리 짐작하지 말라고!"

영은 언니가 두 주먹을 쥐고 외쳤다. 맹탐정이 연달아 일어서자 영은 언니가 "나 말리지 마." 하고는 카페를 나섰다. 맹탐정은 영은 언니를 말릴 생각이 조금도 없었다. 다만 자신은 영은 언니를 설득해 달라는 이야기만 들었는데 용우는 미숙 씨 속에 있는 말을 끄집어낸 것에 화가 났을 뿐이다.

무작정 찾아가서 속마음을 얘기해 주세요, 한 게 잘못이었다. 어제처럼 아줌마가 술에 취해 있거나 감정이 격해져 있었을 때를 노렸어야 했다. 분하지만 오늘 중요한 교훈 하나를 얻었다. 배신 3인방이 떠나고 맹탐정은 자신의 자리에 앉아 맹탐정 노트를 펼쳤다.

중요한 정보를 얻고 싶다면 사람이 감성적일 때를 노려라!

맹탐정이 노트를 적고 있는데 엄마와 할머니의 대화 소리가 들려왔다. 중요한 작업 중이니 조용히 좀 해 달라고 하려다가 언니 이야기가 나와 귀를 쫑긋 세웠다.

"일찍 들어가라니까. 내일 정주시까지 나가려면 힘들 거 아니야."

"제가 뭐 할 게 있나요. 가 보면 집이 우리 집보다 더 깨끗해요. 그냥 놔두라고 해도 저 힘들까 봐 미리 해 두는 거예요. 밑반찬만 좀 가져다주고 고기나 좀 사서 냉장고에 넣어 두고 오려고요."

"걔가 좀 야무져?"

"하긴 승지하고는 다르죠."

"내가 뭘!"

맹탐정이 소리를 빽 질렀다.

"누가 뭐래?"

"방금 뭐라고 했잖아. 왜 가만히 있는 나를 가지고 그래!"

"아니 속상해서 하는 말이지. 타지에서 혼자 자취하느라고 몸도 마음도 힘들 텐데 집안일도 지 혼자서 다 하니까."

"뭘 혼자서 다 해? 언니가 안 오면 엄마가 자주 가잖아!"

"그래도 같이 사는 거하고 같아?"

"누가 같대? 엄마가 괜히 나한테 시비 거니까 그렇지."

"엄마한테 시비가 뭐야! 어!"

큰일 났다, 엄마 화났다, 생각했는데 엄마가 더 이상 다그치지 않고 그대로 집으로 올라가 버렸다. 맹탐정이 시무룩하게 앉아 있자 할머니가 맹탐정에게 다가왔다.

"네가 이해해. 에미도 마음이 심란해서 그럴 테지."

"왜 심란해요?"

"애비 떠나고 승옥이를 남편처럼 의지했잖아. 그러니 승옥이 고등학교 가고 얼마나 마음이 허하겠어?"

남편처럼? 언니를? 맹탐정은 할머니의 말을 곱씹었다. 아무리 그래도 어떻게 자식을 남편처럼 의지할 수 있을까.

"할머니, 자식은 자식이고 남편은 남편 아니에요?"

"그야 그런데, 사람 마음이라는 게 그렇게 딱딱 잘라지지가 않잖아. 안 그래?"

할머니의 말을 듣자니 미숙 씨가 떠올랐다. 미숙 씨는 부모를 일찍 여의고 남편과도 이혼해서 세상에 영은 언니와 달랑 둘뿐이라고 했다. 엄마, 아빠, 남편, 이 모든 걸 대신한 존재가 영은 언니일 것이다. 어, 그렇다면?

맹탐정은 그때 비로소 하나의 생각이 떠올랐다. 용우의 코를 납작하게 해 줄 만한 생각이! 그러자 다른 생각도 연달아 떠올랐다. 마치 맨 앞에 있는 도미노가 툭 쓰러진 것처럼 말이다.

"할머니, 영은 언니네 아줌마 아시죠?"

"알지 그럼. 애기 때부터 봤었는데. 정주시에서 고등학교 다닐 때 에미 애비 교통사고로 죽고 혼자서 얼마나 고생이 많았어. 이혼하고 여기 처음 왔을 땐 안돼 보였는데. 그래도 독하게 공부해서 우체국 시험도 붙고 또 영은이 똑똑하게 잘 키우고. 얼마나 대견해?"

"근데 아줌마 술 마시고 취한 거 보신 적 있으세요? 왜 전에 엄마가 그랬잖아요. 아줌마 술 취한 모습을 본 적이 없다고."

"없지. 자기 주량도 모른다잖아. 취한 적이 없어서. 소주를 배불러서 못 먹는다니 말 다했지, 뭐. 근데 그건 왜?"

"아줌마는 취한 척한 거예요. 용우한테 일부러 정보를 흘린 거라고요!"

"뭔 말이야?"

"할머니, 저 좀 나갔다 올게요."

맹탐정은 그대로 카페를 빠져나왔다. 핸드폰으로 시계를 보니 열심히 달려가면 미숙 씨 퇴근 시간에 맞출 것 같았다.

미숙 씨는 맹탐정과 배신 3인방이 정주시로 나간 사람들을 수소문한다는 걸 알고 있었던 것이다. 하긴 이 좁은 동네에 비밀이 어디 있나. 엄마의 입에서 황 여사 입으로, 황 여사 입에서 세탁소로, 세탁소에서 정육점으로 그렇게 퍼져 나갔겠지. 맹탐정은 우체국 앞에 쭈그려 앉아서 미숙 씨가 나오길 기다렸다.

사람들이 하나둘씩 나오고 이윽고 미숙 씨도 나왔다. 맹탐정이 일어서려다 다리에 쥐가 나서 한쪽 다리를 올린 채 손가락에 침을 묻혀 코에 갖다 댔다.

"너 뭐 하니?"

미숙 씨가 물었다.

"쥐가 나서요."

미숙 씨가 어이없어하고는 그대로 걸어갔다.

"아줌마! 잠깐만요! 할 말 있어요!"

맹탐정이 절뚝거리면서 미숙 씨를 따라갔다.

"아줌마, 저 아줌마가 왜 영은 언니 정주시로 나가는 거 반대하는지 알아요."

"어머, 용우가 말했구나. 내가 어제 좀 취해서……."

맹탐정은 용우가 아까 그랬던 것처럼 한쪽 입꼬리를 올리며 웃었다.

"아니요. 아줌마는 취하지 않았어요."

미숙 씨가 맹탐정을 슬쩍 쳐다봤다. '제법인데?' 하는 눈빛이었다. 미숙 씨는 좋은 사람이지만, 자신보다 어린 사람을 자신과 똑같이 대하는 어른은 아니었다.

"아줌마가 저한테 그러셨죠? 아줌마가 세상에서 제일 사랑하는 사람이 영은 언니인데 설마 잘못되라고 그러겠냐고요."

"그래, 그랬지."

"그 말에는 진실만 있어요. 그러나 어떤 진실과 어떤 진실이 만나면 가끔 엉뚱한 답이 도출되기도 해요. 그래서 제가 간파하지 못한 거예요."

"내가 영은이를 사랑하지 않는다는 거야?"

미숙 씨가 농담처럼 가볍게 말했다.

저는 지금 여기에 놀러 온 게 아니에요. 탐정으로서 일을 하러 온 거죠. 아줌마가 우체국에 일하러 가는 것처럼요. 맹탐정은 이렇게 말하려다 휴우 하고 한숨만 내쉬었다. 이렇게 말해 봤자 이해해 줄 것 같지 않았다. 미숙 씨는 엄마와 같은 과니까 이해받기를 포기하는 게 차라리 낫다.

"그게 아니라는 걸 아시잖아요."

맹탐정이 낮은 목소리로 말했다.

"이해를 못 하겠다."

"아줌마가 세상에서 제일 사랑하는 사람은 영은 언니가 맞아요. 그리고 아줌마가 영은 언니를 나쁜 길로 인도할 사람도 아니고요."

"그런데?"

"정주시로 나가거나 여기 남는 것, 그건 옳고 그름의 문제가 아니에요. 선택일 뿐이죠. 아줌마는 영은 언니를 사랑해요. 그래서 두려운 거예요."

"두렵다고?"

"……영은 언니와 떨어지는 게요."

"내가?"

미숙 씨가 애써 웃으며 침착하게 말했다.

"승지야, 아줌마는 어른이야. 내가 설마 영은이랑 떨어지는 게 무서워서 그러겠니?"

"아줌마, 이런 말까지는 안 하려고 했는데요. 아줌마, 우리 엄마랑 너무 똑같아요."

"뭐가?"

"애와 어른은 다르다고 생각하는 게요. 어른들은 슬픔을 못 느껴요? 두려움도 못 느껴요? 아니면 반대로 애들이 그래요? 전 슬픔도 느끼고 두려움도 느껴요. 아줌마는 어떠세요? 어른이니까 두렵지 않으세요?"

맹탐정이 멈춰 서서 미숙 씨를 바라봤다. 미숙 씨도 걸음을 멈추고 맹탐정을 바라봤다. 바다를 통과한 바람이 미숙 씨를 지나 맹탐정에게 왔다. 서글프다는 감정이 바람과 함께 몰려왔다.

"나도 모르는 내 마음을 네가 어떻게 아니?"

"아줌마한테는 영은 언니밖에 없잖아요."

"그래, 그건 맞아. 근데 틀렸어. 영은이랑 떨어지는 게 두려워서 그러는 거 아니야. 그런 생각 한 번도 안 해 봤어. 정말로."

"그럼 이제부터 한번 생각해 보세요."

맹탐정이 그렇게 말하고는 지금까지 걸어왔던 방향과 반대 방향으로 걷기 시작했다. 미숙 씨는 따라오지 않았다.

맹탐정의 추리가 맞을 수도 있고 틀릴 수도 있다. 다만 맹탐정이 확신하는 건 하나였다. 바로 자신조차도 자신의 마음을 모를 수 있다는 것이다. 사람은 매번 합리적으로 생각하지 않는다. 생각해 보면 엄마가 언니를 남편처럼 의지하는 것도 망상이다. 사실이 아니니까. 그런데 우린 늘 사실이 아닌 망상을 품고 산다. 그리고 가끔은 망상 때문에 살아지기도 한다.

맹탐정은 핸드폰을 열고 영은 언니에게 전화를 걸었다. 미숙 씨가 집에 도착하기 전, 오늘의 일을 이야기해 둬야 한다. 언니는 전화를 받지 않았다. 맹탐정은 문자를 썼다.

- 언니, 언니는 아줌마와 떨어져서 잘 살 수 있어요? 겁나지 않아요? 정주시에 나간다, 가 아니라 엄마와 떨어진다, 라고 한번 생각해 보세요.

뭐라고 더 쓰려다 그만뒀다.

언니 생각이 났다. 언니는 정주시라는 신세계로 떠난 게 아니라 사랑하는 가족과 떨어져 외딴 방으로 걸어 들어간 것이다. 처음으로 언니의 외로움이 자신의 외로움처럼 느껴졌다. 그 외로움은 아까 바닷바람에 실려 온 서글픔과 닮았다. 이유는 모르지만 어쩐지 그대로 주저앉아 엉엉 울고 싶었다.

그러나 그러지 않았다. 맹탐정은 아이가 아니었고 무엇보다 탐정으로서 해야 할 일이 있었기 때문이다. 눈물을 참고 걸어가는 길에 영은 언니에게서 답장이 왔다.

- 정주시에 나간다, 가 아니라 엄마와 떨어진다, 고? 그렇게 생각해 본 적 없는데…….

- 아줌마가 반대하는 이유에 대해 다시 생각해 보세요. 만약에 아줌마가 언니와 같이 정주시에 갈 여건이 된다면 반대할까요?

- 엄마는 내가 자기처럼 실패할까 봐 두렵다고 했어. 난 엄마처럼 안 될 거라고 말했고. 그리고 그때부터 지금까지 냉전 중이야. 절대 먼저 말 안 할 거야.

- 그것도 거짓말은 아닐 거예요. 그런데 전 자꾸만 아줌마가 언니 없는 빈집에 들어가는 모습이 떠올라요. 아줌마가 고등학생이었을 때처럼요……. 얼마나 외로웠을까요? 또 앞으로 얼마나 외로울까요. 언니도 아줌마도요.

- 힘들고 무섭겠지만…… 솔직히 아직 잘 모르겠어. 정주시로 나간다고 생각하면 설레기만 해. 난 넓은 곳으로 나가고 싶어. 바다가 보일랑 말랑 하는 이곳 말고 진짜 바다로!

한 사람은 새로운 세계로 들어가는 입구에 서 있고, 한 사람은 외딴 방으로 들어가는 입구에 서 있다. 두 사람이 가는 길이 같은 길이라 하더라도 두 사람의 상상 속에서는 전혀 다른 길이다. 접점을 찾을 수 없을 거라는 생각이 들었다.

- 언니, 언니를 응원해요.

맹탐정은 마지막 문자를 보내고 화면을 닫았다.

영은 언니에게 어떤 말을 해도 소귀에 경 읽기일 것이다. 마치 아빠에게 할머니의 말이 그랬던 것처럼.

할머니는 아빠에게 자아 찾기는 그만 두고 자식들 자아나 찾아 주라고 했다. 할머니의 명을 받든 건 아들이 아닌 며느리였다.

맹탐정은 생각했다. 만약 아빠가 그렇게 비겁하지만 않았더라면, 아빠가 사법고시에 열두 번이 아니라 열세 번, 열네 번 떨어졌더라도 아빠를 사랑했을 거라고. 엄마가 맹탐정을 아무리 구박해도 엄마를 미워하지 않는 건 엄마가 비겁하지 않아서다.

엄마는 자신의 자아를 찾는 대신 맹탐정과 맹승옥, 맹똘이의 몸과 마음을 살찌우고 있다. 몸과 마음이 튼튼해야 자아를 잃어버리지 않는다고. 할머니도 그 말은 엄마 말이 맞다고 했으니 아마 맞는 말일 것이다. 그런데 내 자아는 어디 있는 거지?

맹탐정은 잃어버리지도 않은 자신의 자아를 도무지 찾을 수 없었다. 집으로 가는 길, 영은 언니에게서 답장이 왔지만 맹탐정은 너무 피곤해 확인해 보지 않았다.

토요일이라 집에서 컴퓨터를 들여다보다 카페로 가니 미숙 씨가 엄마와 이야기를 나누고 있었다. 혹시 미숙 씨가 내 얘기를 하는 게 아닐까 싶어 유심히 봤다. 엄마가 또 쓸데없이 남의 일에 끼어든다고 한 소리 할 것 같았기 때문이다.

"승옥이 나가고 허전하지 않아?"

다행히 맹탐정이 아니라 언니 이야기를 하고 있었다.

"허전하지. 왜 안 그러겠어."

"나는 상상이 안 가. 영은이 없이 산다는 게……. 어제 승지가 그러더라고. 영은이가 나처럼 될까 봐 두려운 게 아니라 영은이와 떨어져 혼자 사는 게 두려운 거 아니냐고. 그 얘기를 듣는데……."

"쟤는 또 쓸데없는 소리를."

엄마가 맹탐정을 노려봤다. 맹탐정은 기가 죽어 입을 쭉 내밀고 고개를 숙였다.

"아니야, 승지한테 뭐라고 하지 마. 처음에는 아니라고 했는데 집에 가면서 곰곰이 생각해 보니까 그렇더라고. 근데 내가 집에 도착하자마자 영은이 년이 뭐라고 그러는지 알아?"

미숙 씨의 얼굴이 상기됐다.

"언젠가는 헤어지는데 지금 헤어지나 나중에 헤어지나 무슨 상관이야! 이러고 소리 지르고 들어가는 거 있지. 망할 년."

엄마가 몸을 들썩이며 웃었다.

"나는 지랑 헤어지고 어떻게 사나 불안하고 초조해서 미칠 것 같은데 걔는 혼자 살 생각에 아주 신이 났어, 신이! 무슨 상관이냐니! 아니 그럼 에미가 돼서 딸이 죽든 살든 내버려 둬야 해?"

"지들도 나중에 애 낳아 봐야 부모 마음 알지, 아무리 말해 줘도 몰라."

"내가 화가 나서 정주시를 가든 말든 네 멋대로 살라니까 뭐라는 줄 알아?"

"뭐라는데?"

"허리를 아주 반으로 접으면서 고맙습니다, 하고 씩 웃는 거 있지? 그러면서 낙장불입이래!"

미숙 씨가 다시 생각해도 어이가 없는지 헛웃음을 지었다.

"당했네."

"누구 때문인지."

미숙 씨가 맹탐정을 쳐다봤기 때문에 자연스레 엄마도 맹탐정을 쳐다봤다.

"나 아무 말도 안 했어! 엄마 또 나한테 뭐라고 할 생각 하지 마! 엄마는 맨날 나한테만 뭐라고 해! 내가 뭘 했는데!"

맹탐정이 빽 소리를 지르자 엄마가 입을 열었다.

"나 너한테 아직 한마디도 안 한 것 같은데?"

"방금 영은이 언니한테 배운 거야. 선수 치는 거!"

맹탐정이 이렇게 말하고 혼자서 쏙 빠져나가려는데 아줌마가 맹탐정을 불렀다.

"승지야."

"네?"

"너한테 할 말 있어서 온 거야. 내가 살 테니까 너도 먹고 싶은 거 주문해."

무슨 말을 할지 두려웠지만 우선 음료를 사 준다고 했으니 먹기로 했다.

"그럼 저도 손님이네요?"

맹탐정이 그렇게 묻고는 엄마를 향해 "여기 아이스라테 한 잔 주세요." 했다. 엄마가 한 소리 하려다 한숨을 내쉬고는 주방으로 갔다.

"어떻게 알았어?"

"뭘요?"

"어제 말한 것들."

"맞았어요?"

"아니, 그건 아닌데, 계속 그 생각을 하다 보니 그런 것 같기도 하고 그렇더라고."

"계속 생각하다 보니까요?"

"고등학생 때, 누구라도 곁에 있었으면 좋겠다고 매일 생각했어. 밤이면 얼른 아침이 됐으면 좋겠다고 기도했고 또 아침이면 얼른 3년이 지나갔으면 좋겠다고 생각했어. 어느 날은 방이 점점 좁아지면서 나를 덮치는 꿈을 꾼 적이 있어. 그 꿈을 꾸고 나서는 만약 자식을 낳으면 절대 자취시키지 말아야지 다짐하기도 했어."

아줌마가 코를 찡긋하며 웃었다.

"지금 생각해 보니 고작 열일곱 살에 자식까지 생각한 게 웃기긴 하다."

"아니요! 전 제 아이 직업도 생각하는걸요."

맹탐정의 말에 미숙 씨가 눈썹을 올렸다.

"무슨 직업인지 모르겠지만 뜻대로 안 될걸."

아줌마가 짓궂게 말했다.

"그럼 처음부터 언니를 정주시에 있는 고등학교에 안 보낼 생각이었네요."

"아니, 잊고 있었어. 잊고 있다가 영은이가 정주시로 나간다니까 그때 생각이 나면서 가슴이 쿵쿵거리고 갑자기 무서워지기 시작했어. 마치 내가 열일곱 살로 돌아간 것만 같았어. 우리 부모님이나 고등학생 때 교통사고로 돌아가셨거든. 마치 내가 정주시에 가서 그런 일이 생긴 것만 같았어. 엄마 말 들을걸. 산이고등학교 가서 교대나 가라고 엄마가 그렇게 말렸는데."

맹탐정이 고개를 끄덕였다.

"……그건 몰랐어요."

아줌마가 맹탐정을 한번 바라보고는 창밖으로 시선을 돌렸다.

"어제 네가 그랬지. 영은 언니가 외로울까 봐가 아니라 아줌마가 외로울까 봐 말리는 거 아니냐고. 아니라고는 못 하겠더라고. 솔직히 무서워. 그런데 그건 내 문제잖아. 내가 무섭다는 이유로 영은이 미래를 좌지우지하면 안 되는 거잖아."

아줌마는 어느 정도 결심이 서서 그런지 어제와 사뭇 달라 보였다. 보내지 말자, 에서 보내 볼까, 로 바뀐 순간 아줌마의 마음도 조금 편해진 것일까.

"나는 정주시로 나갔으면서 영은이는 안 보내는 건 공정하지가 않다고 그랬지?"

"너 그런 말도 했어?"

음료를 가져오던 엄마가 참견했다.

"자기는 가만히 있어 봐."

미숙 씨가 엄마를 향해 말했다.

"여튼, 그래서 공정, 그래, 공정하게 생각해 보기로 했어. 내가 걱정하는 게 영은이인지 나 자신인지 말이야."

"코끼리는 생각하지 마, 이런 거네요."

"뭐라고?"

"아니, 어쨌든 잘됐다고요!"

맹탐정이 환하게 웃었다. 미숙 씨의 마음에까지 웃음이 전달되기를 바라며.

이번 일은 맹탐정이 어제 아줌마에게 '아줌마가 두려워서 그러는 거죠?'라고 이야기하기 전과 후로 나뉜다. 마치 코끼리는 생각하지 말라는 말을 듣고 나면 코끼리만 생각나는 것처럼 아줌마는 이 이야기에서 벗어날 수 없었던 것이다.

엄마가 음료를 맹탐정 앞에 내려놓았다.

"이거 우유 아니야?"

"승지 아이스라테 달라고 하지 않았어?"

미숙 씨가 맹탐정 편을 들어주었다.

"우유 색이 이래? 잘 봐 봐. 커피 들어갔으니까."

"반의 반의 반 샷만 넣은 거지?"

맹탐정이 씩씩거리면서 말하자 엄마가 "커피 먹으면 머리 나빠져." 하고는 자리를 떴다.

"전 진짜 공부 열심히 해서 정주시에 있는 고등학교 갈 거예요,

우리 언니처럼. 제가 세상에서 제일 부러워하는 사람이 바로 우리 언니예요! 언니처럼 엄마한테서 떨어지고 싶어요."

"그래, 꼭 공부 열심히 해라."

미숙 씨가 자리에서 일어서려고 했다.

"그럼 결정하신 거예요?"

맹탐정이 마지막으로 물었다. 아줌마가 눈을 치켜뜨면서 어깨를 들썩했다.

"모르겠어. 어쨌든 생각은 해 보려고."

"어, 영은 언니다!"

맹탐정이 창문 밖을 가리켰다.

"내가 여기로 오라고 했어. 점심 먹고 들어가려고."

아줌마가 심란한 표정으로 문을 열고 나섰다.

문제는 해결하지 못했지만 파문을 일으키는 돌멩이 하나는 던진 것 같다. 그렇다면 나는 탐정인가 상담사인가. 맹탐정은 탐정으로서의 실존적인 고민에 빠졌다. 그때 엄마가 맹탐정에게 다가왔다.

"엄마, 나 또 쓸데없는 짓 한 건 아니겠지?"

엄마가 맹탐정의 어깨를 툭 쳤다.

"그건 모르겠지만, 내 딸 장하다!"

맹탐정은 오랜만에 듣는 엄마의 칭찬에 어리둥절해졌다.

창밖으로 미숙 씨와 영은 언니가 나란히 걸어가는 모습이 보였다. 엄마와 맹탐정 같기도 했고, 엄마와 언니 같기도 했다. 어떤 결정이 날지는 몰라도 해피 엔딩이길, 맹탐정은 바랐다.

기울어지는 상상

영은 언니에게 문화상품권을 받았다. 미스 마플 나오는 책을 사려고 했지만 막상 사려는 순간 좀 더 논리적이고 합리적인 생각에 이르렀다. 미스 마플이 나오는 책은 도서관에도 비치되어 있었다. 도서관에서 빌려 읽을 수 있는데 굳이 문화상품권을 쓸 필요가 있을까?

절대 다른 곳에 쓰고 싶어서 그런 건 아니었지만…….

윤미가 사 준 노트를 사용하다 보니 이렇게 좋은 노트에 300원짜리 모나미 볼펜으로 글씨를 쓴다는 게 이치에 맞지 않는다는 생각이 들었다. 적어도 이 정도의 노트라면 왓슨처럼 비싼 펜을 쓰는 게 맞다고 느꼈다. 물론 왓슨이 어떤 펜을 썼는지 모른다. 상식적으로 생각한 것이다. 그래서 문화상품권으로 아주 비싼, 태어나서 한 번도 써 본 적 없는 고급 볼펜을 샀다. 역시 좋은 도구를 쓰니 글도 더 잘 써지는 것 같다.

문화상품권을 주고 돌아서던 영은 언니에게 아줌마가 허락했는지 묻자 언니가 빙그레 웃으며 말했다.

"반반이야. 생각해 보겠대. 이젠 절대 안 된다고는 안 해."

말 그대로 절반의 성공이었다.

고민은 고민을 몰고 온다고 이 사건이 알려진 지 채 하루도 지나지 않아 같은 반 친구인 인혜에게서 고민 의뢰가 들어왔다. 그 전의 고민이 좀 어렵기는 해도 손으로 만질 수 있는 물건이었다면, 인혜의 고민은 유니콘 같은 것이었다. 무슨 뜻이냐고? 유니콘은 전설 속의 동물이다. 즉 실재하지 않는다는 뜻이다.

인혜는 자신이 사춘기라면서, 자신은 그렇게 생각하지 않는데 엄마, 아빠, 선생님, 어른들 모두가 자신을 향해 사춘기라고 하니까 그런가 보다 생각한다며 자아를 찾고 싶다고 했다.

"넌 탐정이니까 내 자아 좀 찾아 줘!"

맹탐정은 황당해서 입을 다물지 못했다. 그랬더니 인혜는 맹탐정이 자신의 의뢰를 받아들인 걸로 생각하고는 다음 달까지 찾아 달라고 했다. 왜 다음 달이냐고 했더니 다음 달에 서울로 워너원 콘서트를 가는데 그때 자신의 자아도 꼭 데리고 가고 싶다고 했다.

"우리 아빠 자아도 못 찾아 주는데 네 자아를 내가 어떻게 찾냐?"

맹탐정이 말하자 인혜가 진지하게 말했다.

"니네 아빠는 마흔 살이 넘었지? 너무 늙어서 못 찾는 거야. 내 자아는 너랑 나이가 같으니까 분명 찾을 수 있어!"

망했다, 생각하면서도 어쨌든 맹탐정은 인혜의 자아를 찾아 주기로 했다. 자아를 찾아 주면 인혜가 워너원 콘서트에 데리고 가겠다고 해서는 아니다. 물론 워너원을, 특히 강다니엘을 좋아하긴 하지만 그보다는 친구를 위해서다.

아니 더 솔직히 말하자면 위대한 탐정이 되기 위해서다. 만약 맹탐정이 인혜의 자아를 찾아 준다면 셜록도 미스 마플도 못 한 일을 해내는 것이다. 세상천지에 자아를 찾아 줬다는 탐정은 들어본 적도 없다. 살인자를 찾아 줬다는 탐정은 많았어도…….

인혜의 자아는 집을 나간 것인가, 아니면 인혜 안에 있는데
인혜가 못 찾는 것일까?

맹탐정 노트에 적고 나니 한숨이 나왔다. 차라리 살인자를 찾는 게 쉬울 것이다. 아빠가 자아를 찾아 떠난다고 했을 때 속으로 콧방귀만 뀐 게 억울했다. 그때 아빠에게 적극적으로 물었어야 했다. 도대체 자아가 무엇이고 그게 왜 아빠를 떠났는지 말이다.

그런데 신기한 일이 일어났다. 아빠가 온다는 것이다. 다시 생각해 보니 엄청 신기한 일은 아닌 게, 아빠는 매년 한두 번 산이군에 온다. 작년 12월에 왔었으니 이제 올 때가 된 것이다. 아빠가 집에 오면 자아에 대해 물어봐야겠다. 물론 엄마가 있을 땐 아무도 아빠에게 말을 걸지 않는다. 엄마는 아빠랑 친하게 지내라고 하지만 왠지 그러면 엄마를 배신하는 느낌이 든다.

우리 집에서 아빠를 반기는 사람은 맹똘이 하나다. 할머니도 속으로는 반기는 것 같지만(아빠가 떠날 때 음식을 이것저것 싸 주는 것만 봐도 알 수 있다) 겉으로는 절대 티 내지 않는다. 오히려 저 천하의 불효자식, 이라고 욕을 한다. 그럼 아빠는 무표정한 얼굴로 "진짜 불효자면 엄마 보러 오겠어?" 하고 만다.

엄마와 아빠는 정식으로 이혼한 부부는 아니지만 서로 못 본 척한다. 차라리 이혼을 하는 게 낫겠다 싶지만 그건 오로지 엄마 아빠의 문제이다. 아빠를 싫어하는 순으로 따지면 언니가 최고봉이고 그다음이 맹탐정이다. 물론 엄마는 예외다. 엄마는 아빠를 싫어하는 걸 넘어 저주하니까.

"엄마, 엄마는 또 누나만 소시지 줘?"

"누나는 빼빼 말랐잖아."

엄마가 맹탐정의 밥그릇에 소시지를 넣어 주자 맹똘이가 볼멘

소리를 한다. 마음 같아서는 자신의 밥그릇에 있는 소시지뿐만 아니라 밥까지 맹똘이에게 몽땅 주고 싶다.

"나 먹기 싫단 말이야."

맹탐정이 짜증 난 투로 말하자 엄마가 맹탐정의 팔뚝을 찰싹 소리 나게 때렸다.

"니네 담임 선생님이 너 굶기냐고 그러더라."

"울 담임 원래 실없는 소리 많이 하잖아."

"선생님한테 말버릇이 그게 뭐야?"

"그럼 선생님은 엄마한테 왜 그런 말을 하는데!"

그때 맹똘이가 식탁 아래에서 맹탐정의 허벅지를 툭 쳤다. 맹탐정이 쳐다보자 "엄마 몰래 나 줘." 했다.

"맹똘! 뭐라고 하는지 다 보여!"

엄마의 말에 맹똘이는 입이 댓 발 나와서는 "엄마는 누나만 좋아해!" 하고는 방으로 들어갔다.

"철이 없어, 철이."

"넌 철들었는 줄 알아?"

엄마가 그렇게 말하고는 맹똘이를 달래러 방으로 들어갔다. 할머니는 엄마의 뒤통수에 대고 작은 목소리로 "얘가 일부러 안 먹어? 속에서 안 받으니까 안 먹지." 했다. 할머니 말이 맞다. 누군가는 맹탐정의 마른 몸을 부러워하지만 맹탐정은 다이어트 때문에 일부러 안 먹는 게 아니다. 얼마 전부터 먹는 데 흥미를 잃었다. 조금만 먹어도 속이 쓰리고 무엇보다 뭘 먹겠다는 의욕이 일지 않았다.

"쟤가 사춘기라 그래요."

엄마가 맹똘이의 방문을 열고 나오면서 기어코 한 소리를 더했다. 이에 질 맹탐정도 아니어서 엄마를 향해 소리 질렀다.

"많이 먹으면 또 많이 먹는다고 사춘기라고 할 거 아니야!"

그러자 엄마가 "네가 사춘기인 건 인정하는 거지?"라고 했다. 맹탐정은 고개를 저었다.

"할머니, 엄마 진짜 답답하죠? 무슨 전봇대랑 말하는 거 같아요."

"인정!"

할머니가 오른손을 번쩍 들고 말했다.

"할머니 생각엔 사춘기가 대체 뭐예요?"

"내 생각엔 말이야, 에미들이 자식 키우기 힘들 때 그냥 써먹는 말 같아."

"역시!"

맹탐정이 쌍따봉을 만들었다.

"근데 제가 어제 의뢰를 하나 받았는데……."

"사건이야?"

"사건은 아니고 고민이요."

"넌 탐정이라는 애가 사건 의뢰는 안 받고 매번 고민 의뢰만 받냐?"

맹탐정이 한숨을 내쉬었다. 그것도 문제였다.

"할머니 저도 이런 거 질문하는 거 좀 부끄럽고, 한 번도 해 본 적 없는 질문인데요……."

"뭘 뜸 들여, 말해!"

"자아가 뭐예요?"

"그놈의 자아 자아 자아! 맹승지! 한 번만 더 자아 타령 해 봐! 어디서 자아를 찾아?"

식탁에 다시 앉아 밥을 먹던 엄마가 빽 소리를 질렀다. 아니, 내가 무슨 못 할 말을 했나? 맹탐정은 억울해서 할머니를 쳐다봤다.

"얘가 너한테 물어봤어? 나한테 물어본 거 아니야."

"어머니, 어머니도 다 받아 주지 마세요. 어머니가 그러니까 쟤가 저렇게 천지 분간을 못 하고 까부는 거잖아요!"

"엄마 지금 뭐라고 했어?"

맹탐정은 화가 나서 몸이 부들부들 떨려 왔다. 엄마를 한번 노려본 후에 숟가락을 바닥에 집어 던졌다. 절대 해서는 안 되는 행동이지만 맹탐정은 일부러, 보란 듯이 했다. 엄마 얼굴이 붉으락푸르락했지만 맹탐정은 숟가락을 줍지 않았다.

"맹승지! 너 따라 나와!"

엄마가 맹탐정의 옷을 잡아끌었다. 몸이 휘청하면서 의자가 넘어졌다. 엄마는 맹탐정을 포대 자루 끌듯 질질 끌고 밖으로 나갔다. 맹탐정이 질질 끌려가면서 할머니를 쳐다봤지만 할머니는 맹탐정을 애써 외면했다.

엄마는 이른 아침이라 아직 오픈하지 않은 카페 문을 열고 안으로 들어갔다. 그제야 맹탐정을 놔주고는 냉수 한 컵을 벌컥벌컥 마셨다.

"앉아."

맹탐정은 앉으려다 말고 그대로 서 있었다.

"너 아직도 네가 무슨 잘못을 했는지 모르지?"

"내가 뭐? 자아가 뭐냐고 물어본 게 그렇게 잘못이야? 엄마는 괜히 내가 꼴 보기 싫으니까 별것도 아닌 걸로 시비 거는 거잖아."

자꾸 서러움이 복받쳐 올라왔다. 울고 싶지 않았지만 눈물이 자꾸 나서 꺼억꺼억 울면서 말을 이었다.

"내가 뭘 잘못했어? 궁금해서 물어본 건데 그게 그렇게도 잘못이야?"

"할머니한테 그게 얼마나 아픈 상처인지 몰라서 그래?"

"할머니는 뭐 자아가 없어? 그게 왜 상처인데!"

여기까지 말하고 나자 아빠가 딱 떠올랐다. 잃어버린 자아를 찾겠다고 떠난 아빠. 맹탐정이 할머니한테 자아에 대해 물어봤을 때 할머니는 필시 아빠를 떠올렸을 것이다.

“이제 좀 머리가 돌아가?”

엄마가 비아냥거리면서 말했다.

“그 머리로 무슨 탐정이야?”

“엄마, 그런 식으로 말하지 마. 나는 엄마 딸이기 이전에 어엿한 한 사람이야.”

맹탐정이 엄마를 노려보자 엄마가 입 모양으로 오, 했다.

“엄마, 나한테 항상 그런 식이잖아. 내가 뭐 한다고 하면 무시하고 비아냥거리고. 그러니까 내가 얼른 여기를 뜨고 싶은 거야. 지긋지긋하다고.”

“그래서 잘했다고?”

엄마가 다시 맹탐정을 몰아붙였다.

“할머니도 농담 삼아 자아 이야기 하잖아. 네 아빠 자아는 어디로 도망갔을꼬? 이러시잖아.”

“그거야 그리우니까 하는 소리지.”

“할머니가 그랬어? 아빠 그리워서 하는 소리라고?”

“이유 불문하고 할머니 앞에서 자아 소리 입 밖에 꺼내지 마.”

뭐라고 한마디 하려다 맹탐정은 입을 다물었다. 할머니가 먼저 자아 이야기를 꺼내는 것과 맹탐정이 꺼내는 건 분명 차이가 있으니까. 대신 엄마에게 물었다.

“혹시 엄마는 알아? 아빠 자아 찾았는지 아닌지.”

“그걸 내가 어떻게 알아? 다음 주에 오면 네가 직접 물어봐.”

“엄마 자아는? 엄마 자아는 어딨는데?”

“네가 다 잘근잘근 씹어 먹었잖아.”

“내가 언제? 엄마는 왜 자꾸 나를 나쁜 사람 만들어!”

“너랑 맹똘이, 승옥이 키우느라 나도 내 자아가 어디 처박혀 있는지 모르니까 네 자아 찾을 때 같이 좀 찾아 줘! 어!”

엄마가 그렇게 말하고 카페를 나갔다.

맹탐정은 분이 나고 속이 상해 창가 쪽에 앉아 창밖을 바라봤다. 바람이 살랑살랑 불어와 꽃과 나무를 간지럼 태우고 있었다. 이런 날에도 학교에 가야 한다는 게 슬펐다. 인혜의 자아는 어떻게 찾아 주고, 또 엄마의 자아는 어떻게 찾아 줘야 하는지, 자신의 자아는 어디에 있는지. 답답해서 현기증이 날 지경이었다.

문득 인혜의 자아를 찾아 주기 전에 엄마의 자아부터 찾아 줘야겠다는 생각이 들었다. 그래서 왜 맹탐정만 미워하는지 따질 것이다. 그러려면 우선 자아가 무엇인지 알아야 한다. 이럴 때 필요한 건 검색이다.

사고, 감정, 의지 등의 여러 작용의 주관자로서 이 여러 작용에 수반하고, 또한 이를 통일하는 주체.

도대체 이게 무슨 말인가. 검색해도 모르겠으면 그다음은 담임 선생님이다. 우리 엄마에게 애 굶기냐는 소리를 농담이랍시고 했던 그 담임이 맞다. 실없는 소리를 진지하게, 진지한 얘기를 실없이 하는 게 특기이다. 그러나 그보다 더 큰 특기가 있다. 절대 화를 내지 않는다. 애들이 아무리 떠들어도, 숙제를 안 해 와도. 한번은 반 애들끼리 담임 화내게 하기 내기를 한 적이 있다. 담임을 먼저 화내게(화나게, 가 아니라 화를 내게, 라는 게 중요하다) 하는 사람이 이기는 내기인데, 당연히 승자는 없었다.

나중에 담임에게 그때 애들이 수업 시간에 소리 지르고 장난쳐서 화나지 않았냐고 물어봤더니 병아리 수십 마리가 몰려다니며 짖는다고 화가 나냐고 되물었다. 그렇다. 담임은 우리를 병아리로 보고 있었던 것이다. 반 애들은 이 얘기를 듣고 어이없다고 했지만 맹탐정은 큰 깨달음을 얻었다.

애들이 또 떠드네, 가 아니라 병아리가 짖네, 라고 생각하니 화가 나지 않은 것이다. 맹탐정도 아빠가 자아를 찾으러 떠났네, 가 아니라 곰이 겨울잠 자러 떠났네, 라고 생각하면 좀 괜찮을까? 곰이 겨울잠을 자는 건 선택이 아니라 필수니까.

"어디 가?"

인혜였다.

"담임한테 물어볼 게 있어서. 같이 갈래?"

"뭔데?"

"너 때문이야."

인혜가 눈을 크게 떴다가 이내 으히히 하고 웃었다.

"자아 찾는 중이야?"

맹탐정이 고개를 끄덕였다.

"근데 자아가 뭔지 모르겠어. 그래서 물어보려고."

"담임이라고 알까?"

"담임이 좀 이상하잖아. 그러니까 알 수도 있어."

맹탐정의 말에 인혜가 고개를 끄덕였다. 담임이 만약 권위 있고 이성적이고 무엇보다 똑똑한 사람이었다면 절대 자아에 대해 물어보지 않을 것이다. 다른 선생님들이 나사로 바짝 조여 놓은 것처럼 보인다면 담임은 일부러 나사를 풀어 놓은 것 같은 느낌이다.

"선생님, 잠깐 시간 되세요?"

"데이트?"

역시, 나사가 풀렸다. 맹탐정과 인혜가 고개를 끄덕이자 담임이 자리에서 일어섰다. 담임과 함께 운동장에 있는 벤치로 갔다.

"선생님, 이상한 질문 하나 해도 돼요?"

"이상한 질문이라……. 얼마나 이상한지 들어 볼까?"

"자아가 뭐예요?"

"자아?"

맹탐정이 고개를 끄덕였다.

"근데 다른 애들한테는 저희가 이런 거 물어봤다고 절대 말하면 안 돼요. 그럼 애들이 놀릴 거예요, 또라이라고."

"내가 말 안 해도 이미 그러지 않아?"

농담기 하나 없이 진지한 말투였다. 하아, 하는 인혜의 한숨 소리가 들렸다.

"근데 자아는 왜 찾는데?"

"우선 인혜나 저나 자아가 없어요. 원래 있었는데 잃어버린 건지, 아님 원래 없었는지도 모르겠고요."

"얘네 아빠도 자아 찾으러 떠났대요."

인혜가 덧붙였다.

"그러셨어?"

맹탐정이 고개를 끄덕였다.

"자아를 잃어버렸대요. 근데 그게 산이군에는 없다면서 정주시로 갔어요. 찾으러 간다고. 저는 자아라는 게 뭔지 도대체 모르겠어요. 선생님! 선생님 자아는 잘 있어요?"

담임이 손으로 턱을 받치고는 고개를 갸우뚱했다.
“솔직히 말할게. 나도 잘 모르겠어. 생각해 본 적이 없어서…….”
“지금 생각해 보세요. 기다릴게요.”
인혜와 맹탐정이 턱을 손으로 받치고 선생님을 바라봤다.
“생각 다 하셨어요?”
1분도 지나지 않아 맹탐정이 물었다. 선생님이 고개를 저었다. 다시 몇 초간의 침묵이 흐르고 이번엔 인혜가 물었다. 담임은 고개를 저었다.
“선생님, 그럼 자아가 뭐예요?”
“자기 자신.”
“자기 자신이요?”
“그럼 지금 내가 여기 있으니까 자아도 여기 있는 거 아니에요?”
“그게, 좀 애매한 게 우리가 몸은 여기 있어도 마음은 딴 데 있을 때가 있잖아.”
역시 선생님한테 물어보길 잘했다.
“그럼 우리 아빠가 자아를 찾아 떠난 게 이상한 건 아니네요?”
선생님이 이번에는 고개를 저었다.
“그건 내가 대답할 주제가 못 되는 것 같아.”
“선생님 자아는 지금 여기 있어요?”
“그게, 잘 모르겠네……. 어쨌든 멀리 있지는 않아. 이 근처에 있는 것 같아."

"그건 어떻게 확신하세요?"

담임이 맹탐정과 인혜를 번갈아 보고는 "글쎄, 물리적으로 증명할 수는 없지. 그냥 마음으로 아는 거야. 내가 너희들을 좋아하고, 선생이라는 지금 직업이 마음에 드니까." 했다.

"그러니까 자기 자신의 현재 모습에 만족한다는 게 자아와 가까이 있다는 뜻인 거죠?"

맹탐정의 말이 끝나기도 전에 인혜가 "오!" 했다.

"역시, 너는 탐정이다! 선생님, 승지 너무 똑똑하지 않아요?"

담임이 고개를 끄덕이며 "승지 똑똑하지. 근데 그거 알아? 너무 똑똑하면 미움받는다."라고 했다.

"그래서 애들이 날 별로 안 좋아하나 봐요!"

"그건 아니야."

인혜가 나서서 말했다.

"위로할 필요 없어. 나도 다 알고 있어. 애들이 날 어떻게 생각하는지."

"위로가 아니라 애들은 널 별로 안 좋아하고 말고 할 게 없어. 너한테 관심 자체가 없거든."

팩폭이다. 인혜의 말이 사실이라 반박할 수가 없었다. 맹탐정이 입을 삐죽 내밀자 인혜가 맹탐정의 어깨에 손을 올렸다.

"그래도 나처럼 널 좋아하는 애들도 있다는 걸 잊지 마."

무심한데 다정한 아이. 그게 양립할 수 있을까 싶지만, 인혜를 보면 가능해 보인다. 담임이 벤치에서 일어서며 말했다.

"자아가 뭔지 제대로 알게 되면 알려 줄게."

맹탐정과 인혜는 고개를 끄덕였다.

맹탐정은 교실로 들어오자마자 노트를 펴고 자아에 대해 정리했다.

현재 자신이 처한 환경을 사랑한다면 자아가 근처에 있는 것이다.

맹탐정은 다른 사람의 자아를 찾아 주기 전에 자신의 자아를 먼저 찾기로 결심했다. 노트에 자신에 대해 적기 시작하면서 맹탐정이 깨달은 건, 맹탐정조차 자신에 대해 잘 모른다는 것이다. 고작해야 나이(이것조차 미국으로 가면 달라진다)와 이름(엄마는 명 씨와 결혼했어야 한다), 좋아하는 일(단연 탐정 일이다), 먹기 싫은 음식(시금치는 세상에서 사라져야 한다) 정도밖에는.

맹탐정은 엄마가 카페 일로 바쁜 틈을 타 할머니에게로 갔다. 오는 길에 길가에서 꺾은 이름 모를 꽃을 들고. 계란 노른자 같은 색을 중심으로 흰색 꽃잎이 붙은 꽃이다. 이름은 모르지만 할머니가 예쁘다고 했던 건 기억하고 있었다.

"할머니!"

맹탐정이 꽃을 내밀자 할머니가 환하게 웃으며 받았다.

"아침에 속상하셨어요?"

할머니가 고개를 저었다.

"기특했어."

할머니가 꽃을 바라보며 말했다.

"자아를 너처럼 일찍 찾아댕기면 좀 좋아? 자아는 일찍 찾을수록 좋은 거야."

"할머니는요? 할머니는 자아 찾았어요?"

"우리 때는 자아라는 게 없었어. 다 먹고살 만해지니까 자아라는 것도 찾고 그런 거지. 우리 땐 하루하루 입에 풀칠하기도 어려워서 자아가 누구랑 눈 맞아 도망을 가든 말든 신경 쓸 겨를이 없었어. 그리고 그게 내 자부심이야. 나는 암만 어려웠어도 내 자식들 다 대학까지 보냈어."

"할머니는 인생에 후회가 없어요?"

"후회한다고 무슨 소용이 있냐. 그냥 이만큼 살아온 것도 용하다 싶어. 이런 말이 쑥스럽긴 하지만 나 스스로 대견하기도 하고."

"그럼 할머니는 자아실현을 이미 하신 거네요."

"뭔 실현?"

"인터넷에서 본 말인데요, 할머니 말씀 들으니까 할머니는 자아

실현을 이미 하신 것 같아요. 할머니 자아는 할머니랑 아주 가까운 데서 잘 있는 거 같으니까 걱정하지 마시고요."

"뭔 말인지 모르겠지만 그렇게 말해 주니 고맙다."

맹탐정은 할머니가 고맙다고 해 줘서 기분이 좋았다. 할머니 자아는 이제 걱정할 필요 없고 엄마와 자신의 자아, 그리고 인혜의 자아만 찾아 주면 된다. 그러려면 아빠의 도움이 필요하다. 아빠를 기다리는 건 이번이 처음 같다.

솔직히 말하자면 매번 아빠를 기다리긴 한다. 아빠가 보고 싶어서가 아니라 아빠가 몇 달 동안 소식이 없으면 할머니의 애간장이 타들어 가기 때문이다.

"자아는 찾으셨어요?"

맹탐정은 거울을 보면서 연습을 시작했다. 다음 주에 아빠를 보게 된다면 물어볼 질문이었다. 그런데 자꾸 입이 떨어지지 않았다. 아빠와 말을 한 지 너무 오래되었으니까……. 다른 사람도 아닌 아빠와 말을 하는 데 용기가 필요하다는 사실이 맹탐정을 울적하게 했다.

오늘은 엄마의 심기를 거스르면 안 된다. 또 밥이 먹기 싫었지만 맹탐정은 미역국에 밥을 말아 꾸역꾸역 먹었다. 맹똘이도 햄을 달라고 투정을 부리려다가 이내 입을 꾹 다물고 밥을 먹었다.

엄마는 카페 문을 일찍 열겠다며 맹탐정이 밥을 다 먹는 걸 본 뒤 내려갔다. 맹탐정은 엄마가 나가자마자 우웩 하며 입에 있는 것을 뱉는 시늉을 했다.

"누나, 누난 먹는 게 그렇게 싫어? 난 하루 종일 먹을 수도 있는데."

"자랑이다."

"엄마처럼 말하지 마."

"내가 뭐?"

"누나는 엄마한테 맨날 뭐라고 하지만 내가 보기엔 누나랑 엄마랑 제일 똑같아. 비아냥거리는 것까지."

"비아냥 아니거든?"

"완전 엄마 미니미."

맹탐정이 숟가락을 올리자 맹똘이가 혀를 내밀 수 있는 만큼 쭉 내밀고는 자리를 떴다. 맹탐정은 따라가려다 포기하고 학교로 갔다.

수업 시간 내내 선생님의 말이 귀에 들어오지 않았다. 자아 때문이기도 했고 공부 자체에 대한 회의 때문이기도 했다. 공부는 도대체 왜 해야 하는 걸까?

열심히 공부해서 여기를 떠야 하는 건 맞는데 또 그런 당위성이 있다고 해도 공부가 하기 싫은 건 어쩔 수 없는 사실이었다. 누군가는 의지만 가지면, 노력만 하면 뭐든지 할 수 있다는데 그 의지나 노력 자체가 안 되는 사람도 있다.

노력하고 싶은데 노력하려다 보면 노력할 수가 없을 것 같은 무기력함. 그러니까 행복하고 싶어서 자꾸 웃으려고 하는데 웃으려고 노력하다 보면 너무 슬퍼져서 입은 웃고 눈을 울게 되는 것과 같다. 결국엔 그 모든 게 정신력의 문제라고 누군가는 말하겠지만, 정신력도 타고나는 것이라면 그 사람을 마냥 비난할 수 있을까.

실은 정신력이 약하다고 맹탐정을 비난하는 사람은 다름 아닌 맹탐정 자신이었다. 맹탐정 안에는 여러 명의 맹탐정이 있다. 자신이 뛰어난 탐정이라고 생각하는 애와 자신은 세계 최고의 멍청이라고 생각하는 애(어떤 사람들은 최고라는 수식어는 박사나 운동선수 앞에만 쓸 수 있다고 하겠지만 멍청이 앞에도 분명 최고라는 말을 쓸 수 있다), 노력하면 뭐든지 할 수 있다고 생각하는 애와 노력해도 안 되는 게 있다고 생각하는 애, 노력하기 싫은 애와 그런 애를 비난하는 애, 그리고 마지막으로 슬프고 이상하고 불쌍하고 부족한 애까지. 그리고 이런 자신을 꽁꽁 숨기고 내색하지 않으려 연기하는 애도 있다.

맹탐정은 갑자기 눈물이 날 것 같아 입술을 꾹 깨물었다. 그리고 마음속으로 아무도 자신에게 말을 걸지 않게 해 달라고 기도했다.

"맹승지!"

그때 담임 선생님이 맹탐정의 이름을 불렀다. 그러자 눈물 대신 이상한 전투력에 사로잡혀서 "네!"라고 소리를 질러 버렸다. 그러자 반 애들이 서로 눈짓을 하더니 크큭 웃었다. 맹탐정은 또다시 이상한 행동을 한 자신 때문에 화가 났다.

"딴생각하지 말고 수업 열심히 들어! 숙제도 꼭 해 오고!"

맹탐정이 고개를 끄덕였다.

수업이 끝나고 집으로 가는 길에 인혜가 동행했다. 집이 같은 방향도 아닌데 굳이 따라와서는 이 얘기 저 얘기 늘어놓았다.

"할 말이 뭔데?"

"내 자아 있잖아, 그거 좀 빨리 찾아 줄 수 있어?"

맹탐정이 짜증 난 듯 노려보자 인혜가 우물쭈물하면서 말을 이었다.

"그게…… 사정이 생겨서."

"자아 찾는 게 쉬운 줄 알아? 그렇게 급하면 네가 찾으면 되겠네."

"내가 못 찾으니까 그러지!"

"왜 짜증이야?"

"짜증 나니까 그렇지!"

인혜가 갑자기 길가에 주저앉아 버렸다. 멀리 보이는 바다가 오늘따라 눈물처럼 보였다.

"왜 짜증 나는데?"

"엄마 아빠 이혼한다니까 그렇지!"

"뭐?"

인혜의 말에 맹탐정은 심장이 툭 떨어지는 것 같았다. 탐정 일의 기본은 의뢰자의 신상을 파악하는 것이다. 그걸 놓치고 있었다. 인혜의 부모님은 동네에 하나밖에 없는 정형외과의 의사와 간호사다. 늘 친절해서 평판이 좋다.

"누굴 따라갈지 결정해야 한단 말이야. 나보고 정하라잖아. 내 뜻에 따른다고. 그런데 갑자기 엄마가 이번 달 말에 떠난대. 원래는 다음 달에 워너원 콘서트 할 때쯤 떠난다고 했었는데. 비자가 생각보다 빨리 나왔대. 그게 내 탓은 아니잖아!"

인혜가 짜증 내는 건 이해됐지만 맹탐정에게 되레 큰소리치는 건 이해가 되지 않았다. 그러나 이럴 때 뭐라고 하는 건 오히려 역효과일 것 같았다.

"알았어, 노력해 볼게. 근데 비자라면 엄마가 외국으로 나가셔?"

인혜가 고개를 끄덕였다.

"미국."

"뭐? 미국?"

맹탐정은 자신도 모르게 박수를 쳤다.

“가! 당연히 가야지! 무슨 소리야!”

“뭐?”

“미국이라잖아, 미국! 그럼 당연히 엄마 따라가야지.”

“나도 처음에는 혹했는데 그게 그렇게 쉬운 문제가 아니야.”

“그럼?”

“너도 알겠지만 우리 집 좀 부자잖아.”

인혜의 말은 사실이었다. 인혜는 워너원 콘서트 표가 아무리 비싸도 아무 걱정 없이 살 수 있을 정도로 용돈을 많이 받는다. 집도 윤미가 사는 아파트의 맨 꼭대기 층 펜트하우스에 산다. 선생님들도, 어른들도 모두 인혜에게 아빠가 의사라서 좋겠네, 한다. 어릴 때는 의사라고 하면 당연히 생명을 살려 주고 아픈 사람을 고쳐 주는 숭고한 직업이라는 인식이 강했는데 어느 순간부터 의사라고 하면 돈 잘 버는 사람이라는 생각밖에 들지 않는다.

이 작은 마을에서 아빠의 직업은 사는 형편, 사회적 지위와 긴밀하게 연결되어 있다. 그러니 인혜는 어른들로부터는 공주 대접을 받고, 친구들로부터는 부러움과 시샘을 받는다. 그런데 이제 인혜의 신분에 큰 변화가 생길 수도 있는 것이다.

“엄마를 따라가면 처음에 좀 힘들 거래. 그렇다고 나중에 잘된다는 보장도 없고……. 대신 아빠랑 살면 지금처럼 여유 있게 지낼 수 있겠지. 솔직히 나, 애들이 뒤에서 나보고 쟤네 아빠 의사래, 라고 하던 것 다 좋았어."

"그럼 일부러 싫은 척한 거야?"

인혜가 고개를 끄덕였다.

"왜?"

"모르겠어. 그냥 그게 멋있어 보여서."

마치 내가 언니를 좋아하면서 싫어하는 척하는 것 같은 건가. 맹탐정은 아마 그럴 거라고 생각했다.

"넌 누가 더 좋은데?"

인혜가 고개를 저었다.

"똑같아. 정말 똑같아. 엄마, 아빠를 저울에 놓고 잰다면 완전 0.00001그램도 차이 없이 똑같이 나올 거야, 아마. 그러니까 네가 빨리 내 자아를 찾아 줘. 그래야 나도 누구를 따라갈지 정하지."

"넌 자아가 뭐라고 생각해?"

"너는?"

"일단 육체와는 다른 것 같아. 우리 몸은 내가 여기 있으면 실제로 여기 있잖아. 근데 자아라는 건 내 몸이 여기 있다고 여기 있는 건 아닌 거야."

"나도 그건 알아. 샘이 말했잖아."

인혜가 툴툴거렸다.

"내가 생각하는 자아라는 건 그런 거야. 진짜 나 자신!"

맹탐정은 말하다 보니 뭔가 알 것 같아 박수를 쳤다.

"그래, 맞아! 진짜 자신. 가짜 자신 말고. 그러니까 방금 전에 네가 그랬잖아. 애들이 쟤네 아빠 의사래, 이러면 겉으로는 싫은 척했지만 진짜 속마음은 좋았다고! 그때 진짜 속마음이 자아인 거지."

인혜가 고개를 끄덕였다.

"맞는 것 같아."

"그러니까 너는 엄마 아빠가 똑같이 좋다고 하지만 진짜 속마음에는 조금이라도 더 좋은 쪽이 있을 거야. 그걸 찾으면 네 자아도 찾을 수 있어!"

"너 진짜 탐정은 탐정이다!"

"나 근데 부탁할 거 있어. 혹시 이번 일 성공하면 워너원 콘서트표 대신에 그 푯값을 나한테 주면 안 돼? 원래 돈으로는 안 받는 게 내 원칙인데 꼭 쓸데가 있어서."

"좋아. 난 상관없어."

인혜가 아주 담백하게 말했기 때문에 맹탐정은 기분이 좋아졌다.

"그럼 내일 봐!"

인혜와 헤어지고 집으로 갔다. 카페 1층에서부터 비장한 기운이 감돌았다. 맹탐정은 카페에 들렀다가 집으로 갈지, 곧바로 집으로 갈지 고민하다가 결국 집으로 올라갔다. 엄마와 마주칠 자신이 없었기 때문이다.

문을 열자 거실에 아빠가 있었다. 소파에 앉아 티브이를 보고 있었다. 마치 어제도 있었던 것처럼 자연스러워 보였다. 매일 집에서 볼 수 있는 화초처럼, 피아노처럼, 식탁처럼 거실의 일부 같았다. 맹똘이가 태어나고 얼마 지나지 않아 집을 나갔으니 벌써 7년 전 풍경인데도 왜 이렇게 익숙해 보이는지……. 남들은 휴가 때면 집을 떠나는데, 아빠는 휴가처럼 집에 온다.

"왔냐?"

"그렇게 물어보지 마세요."

"왜?"

"그럼 어제도 본 사람 같잖아요."

"알았어."

맹탐정은 입을 쭉 내밀었다.

"물어볼 게 있어요."

"뭔데?"

"아빠 자아는 찾으셨어요?"

"……."

"자아 찾으면 집으로 돌아오실 거예요?"

"그랬으면 좋겠어?"

"아니요."

맹탐정은 그대로 방으로 들어갔다. 그리고 문 앞에 쪼그려 앉아 거실 쪽으로 촉각을 곤두세웠다. 다행히 거실에서는 아무 소리가 없었다. 아빠가 갑자기 집을 나갈까 봐 겁이 났다. 그럼 할머니가 실망할 테니까…….

똑똑.

맹탐정은 깜짝 놀라 자리에서 일어섰다. 그러고는 침대로 올라가 이불을 머리끝까지 뒤집어썼다. 다시 똑똑 소리가 났고 이윽고 방문이 열렸다.

"자니?"

"아니요."

"산책할래?"

"싫어요."

"자아 실종 사건 브리핑 좀 해 줄게."

아빠가 마치 경찰이라도 된 양 말해서 맹탐정은 이불을 내렸다.

"그건 제가 아니라 할머니한테 보고해야 되는 거 아니에요?"

"네가 탐정이니까 할머니한테 대신 전해 주면 되잖아."

"제가 탐정인 건 어떻게 아셨어요?"

"엄마가 그러던데?"

"엄마랑 말하고 지내세요?"

맹탐정이 이불을 내팽개치며 물었다.

아빠가 고개를 끄덕였다. 마치 당연하다는 듯이. 맹탐정은 왠지 배신감이 들었지만 아빠의 자아 실종 사건이 궁금해서 아빠를 따라나섰다.

그대로 나갈 줄 알았던 아빠가 카페로 들어갔다. 날이 더워지면서 카페에는 사람들이 많았다. 엄마는 아빠를 한번 힐끗 보더니 하던 일을 계속했다. 얼음이 가득한 유리잔에 물과 커피 원액을 부으니 우리가 아는 아이스아메리카노가 됐다. 만약 파란색의 파워에이드를 부었으면 아이스파워에이드가 되었겠지. 똑같은 얼음인데 무엇이 부어지느냐에 따라 색과 맛이 달라진다.

나라는 사람도 그럴까. 그게 자아와도 관계가 있는 것일까. 맹탐정은 세계와 자신과의 관계에 대해 자꾸 생각하게 됐다.

"나는 아이스아메리카노, 너는 뭐 마실래?"

아빠의 물음에 맹탐정은 "같은 걸로."라고 했다. 엄마가 맹탐정을 노려보더니 "쪼끄만 게 어디서."라고 했다.

"나도 지금 손님으로 왔거든?"

"돈 있어?"

엄마의 물음에 아빠가 주머니에서 주섬주섬 돈을 꺼냈다. 꼬깃꼬깃한 만 원짜리와 천 원짜리가 뭉텅이로 나왔다. 엄마가 아빠의 손에서 돈을 빼앗듯 가져갔다.

"거스름돈은?"

맹탐정이 묻자 엄마가 다시 노려봤다.

엄마는 거스름돈 대신에 아이스아메리카노 두 잔을 만들어서 내밀었다. 진한 색은 아빠에게, 옅다 못해 거의 투명에 가까운 건 맹탐정에게 줬다.

"뭐야, 맹물이잖아."

"이거라도 감사하게 여겨."

맹탐정이 샷 하나 더 달라고 말할 새도 없이 손님들이 들이닥쳤다. 아빠와 맹탐정은 할 수 없이 카페를 빠져나왔다.

아빠와 같이 바다가 보이는 길을 걸었다. 아이스아메리카노를 한 잔씩 들고서.

아무 말도 없이 걷는데 바람이 살랑살랑 불어왔다. 정수리에서부터 흐르던 땀이 바람에 말랐다. 시원하다고 느낄 새도 없이 다시 정수리에서부터 땀이 흘러내렸고 이내 또다시 바람에 마르기를 반복했다. 마치 일상처럼.

아침에 일어나 밥을 먹고 학교에 갔다 집에 돌아와서는 저녁을 먹고 잠을 자고 일어나서 다시 학교에 간다. 그런 하루하루가 모여 맹탐정의 일상을 만든다. 그러고 보면 자아라는 것도 이런 게 아닐까. 하루하루 내 마음이 모여 만들어지는 것…….

"뭐 갖고 싶은 거 없어?"

오랜 침묵 끝에 아빠가 물었다. 맹탐정은 고개를 저었다가 다시 끄덕였다가 다시 저었다.

"갖고 싶은 건 있는데 나한테 말하기는 싫어?"

맹탐정이 고개를 끄덕였다.

"아빠 돈도 없잖아요."

"아니야, 아빠 돈 많아."

"할머니가 아빠 거지라던데요?"

"어머니가 그러셨어? 아니야, 아빠 요즘 돈 벌어."

"아빠 일해요?"

아빠가 고개를 끄덕였다.

"자아는 어쩌고요?"

다시 침묵이 이어졌다.

아빠가 자아를 찾기 위해 떠났다고는 했지만, 실은 사법고시를 보기 위해 가족을 떠났다는 걸 맹탐정은 알고 있었다. 그래서 아빠가 사법고시에 붙어 변호사가 된다고 해도 절대 축하해 주지 않겠다고 언니랑 다짐도 했었다. 그런데 사법고시는 어쩌고 일을 하는 것일까.

"사법고시 폐지됐어."

맹탐정은 깜짝 놀라 눈을 끔뻑거렸다. 사막에서 오아시스를 발견했는데 막상 가 보니 신기루였다면? 사법고시에만 매달려 젊은 시절을 다 보냈는데 사법고시가 폐지됐다니. 당황해하는 나와는 달리 아빠는 침착했다.

"벌써 한참 됐어."

"그럼 아빠는 영영 자아를 찾을 수 없겠네요."

진지한 맹탐정의 말에 아빠는 허허 하고 어색하게 웃었다.

"미안하다."

아빠는 맹탐정의 말을 비꼬는 걸로 알아들은 모양이었다. 맹탐정으로 말할 것 같으면 엄마를 닮아 비꼬기의 달인이지만 엄마와 달리 상황 파악을 할 줄 안다. 지금은 비꼬는 게 아니라 정말 걱정돼서 물었던 것이다.

"이제 자아 찾기는 포기한 거예요?"

맹탐정이 재차 묻자 아빠가 바닷가 쪽으로 시선을 던지더니 털썩 자리에 주저앉았다. 맹탐정도 앉았다. 바다를 이렇게 정면으로 바라보는 일은 자주 없다. 좀 더 엄밀히 말하자면 매일 보기 때문에 굳이 응시하는 일이 적다고 하는 게 맞겠다. 바다는 바다였다. 넓고 깊어 감히 그 크기를 가늠할 수조차 없기에 보는 것만으로도 막막해졌다.

"아빠가 이런 말 할 자격이 있는지는 모르겠지만……."

"그런 말 하지 마세요. 구차해 보이니까."

"알겠다. 어쨌든 자격이 있든 없든 말하자면, 나는 내가 사법고시에 합격해야만 행복해질 거라고 생각했어. 그게 어머니께 효도하는 길이자 아내 앞에서 떳떳할 수 있고, 또 너희들에게 자랑스러운 아빠가 되는 길이라고 생각했어."

"서울대학교 나왔다고 다 똑똑한 건 아닌가 봐요."

"넌 정말 네 엄마랑 똑같구나."

"비꼬지 마세요."

"너한테 하고 싶은 말이다."

아빠가 그렇게 말하자 갑자기 웃음이 터졌다. 맹탐정이 풋 하고 고개를 숙이고 웃자 아빠가 몸을 뒤로 젖히며 웃었다.

"왜 웃으세요?"

"네가 웃어서."

맹탐정은 이미 다 마시고 없는 아이스아메리카노를 다시 쪽쪽 빨았다. 빨대에서 씁씁씁씁 기차 지나가는 소리가 났다.

"그런데 사법고시가 폐지되고 나서 앞으로 어떻게 살아야 하나 막막해졌을 때 이런 생각이 들더라고. 자랑스러운 아빠 말고 그냥 아빠가 되면 어떨까, 효도하지 말고 불효나 하지 않으면 어떨까, 떳떳한 남편 말고 그냥 한 달에 한 번 월급 가져다주는 남편이나 되면 어떨까, 그럼 플러스는 아니어도 마이너스는 아니지 않을까, 하는."

"사람이 갑자기 똑똑해지기도 해요?"

아빠가 다시 커억커억 웃었다. 바닷물이 출렁이고 아빠의 몸이 앞뒤로 흔들거리자 맹탐정의 머릿속도 자꾸 빙빙 돌았다.

"그래서 일을 시작했다. 얼마 만에 땀 흘려서 돈을 벌어 보는지……. 처음에는 이런 일 하려고 서울대를 나온 건 아닌데 싶기도 했어. 그래도 어쨌든 한 달 일해서 받은 돈 중에서 일부를 아내한테, 또 어머니께 보내고 나니까 마음이 좋더라고. 오랜만에, 아주 오랜만에 기분이 좋았어."

"아빠, 근데 사법고시가 갑자기 막 폐지됐어요?"

"아니. 폐지된다고 몇 년 전부터 그랬지. 근데 그걸 받아들이기가 쉽지 않았어. 아예 폐지되고 나니까 그제야 아 정말 폐지됐구나, 내 인생 끝났구나 싶더라고."

"아쉽지 않으세요?"

"아쉽지, 아쉬워. 난 내 인생이 실패했다고 생각해."

"사법고시에 실패해서요?"

아빠가 고개를 끄덕였다.

"그래도 계속 일은 하실 거죠?"

아빠가 이번에도 고개를 끄덕였다.

"왜요?"

"맛을 한번 봤거든."

"무슨 맛이요?"

"아내한테 생활비 가져다주는 맛, 어머니께 용돈 드리는 맛."

"아빠, 이제야 알았어요."

"뭘?"

"엄마가 아빠 집에 절대 못 들어오게 하다가 언젠가부터 집에 오게 해 줬잖아요. 그때부터죠? 생활비 가져다줬을 때부터."

"그래, 맞아."

"엄마가 돈 때문에 그런 건 아니에요."

"그건 나도 안다."

"아빠가 아빠 역할을 조금은 했기 때문에 그런 거예요."

"그걸 네가 어떻게 아니?"

"……우리 엄마니까요."

"그래."

"아빠 그럼 이제 자아는 안 찾아도 되는 거예요?"

"그게, 사실은 아직도 찾는 중이야."

아빠가 아직 자아를 찾고 있다고 해서 아주 조금 좋았다. 아빠가 만약 포기했다고 하면 그동안의 시간이 허무할 것 같아서였다. 아빠의 시간만이 아니라 우리의 시간도.

"제 친구가 저한테 사건을 의뢰했어요. 자아를 찾아 달라고요. 근데 사실은 자신이 없어요."

"뭐가?"

"제 자아도 아직 못 찾았거든요. 사실 제 주변에 자아를 찾았다는 사람을 본 적이 없어요. 다들 없대요, 자아가."

"없으면서도 다들 열심히 일상을 살았나 보구나. 나처럼 무책임하게 떠나지 않고."

"아빠한테 한 말은 아니에요."

"안다."

맹탐정은 한숨을 내쉬었다.

"아빠 인도 가 본 적 있어요?"

아빠가 고개를 저었다.

"사람들이 거기로 자아 찾으러 많이 간대요. 나중에 해외에 갈 일 있으면 그쪽으로 꼭 한번 가 보세요."

맹탐정의 말에 아빠가 허탈하게 웃었다. 농담이라고 생각하는 것 같았다. 진짜로 자아 찾으러 인도에 갔다 온 사람들이 한둘이 아니라던데…….

맹탐정과 아빠가 자리에서 일어나서 다시 카페 방향으로 걸었다. 처음보다 약 10센티미터는 가까워졌지만 멀리서 보면 처음과 똑같을 것이다. 마치 가까이에서 들여다봐야 보이는, 귀 뒤나 목에 난 작은 상처처럼 말이다. 멀리서는 아무것도 보이지 않는다.

"아빠, 만약에 엄마 아빠가 이혼을 해요. 한 사람을 선택해야 하는 상황이 온다면 누굴 선택해야 할까요?"

"엄마가 이혼한대?"

"아니, 아니요. 우리 집 얘기가 아니라. 근데 솔직히 엄마가 이혼하자고 해도 아빠는 할 말 없죠."

"그건 그렇지."

"제 친구 얘기예요. 자아 찾는다는."

"그거야 아주 단순한 것 같은데."

아빠가 입술에 침을 묻혔다.

"누구랑 있고 싶은지를 생각하면 되지 않을까? 아침에 일어났을 때, 학교 갔다 왔을 때, 잠들기 직전에 말이야."

"누가 더 좋은지가 아니라요? 그게 자아랑도 관련이 있을까요?"

"그렇지. 내가 같이 있고 싶은 사람이라면 내 자아도 같이 있고 싶은 사람일 테니까."

처음으로 아빠가 있어서 좋다는 생각이 들었다.

맹탐정은 아빠와 헤어지고 인혜네 집으로 향했다. 얘기할 게 많았다. 아파트 입구에서 인터폰을 눌렀다. 신호음이 가고 인혜의 목소리가 흘러나왔다.

"난데 지금 올라가도 돼?"

"왜?"

"왜냐니, 자아 때문이지."

"알았어."

인혜의 목소리가 유달리 풀이 죽어 있어 맹탐정의 기분도 도로 가라앉았다.

엘리베이터를 타고 15층까지 올라가니 인혜의 집이 나왔다. 벨을 누르기도 전에 인혜가 문을 열고 맹탐정을 맞았다.

"왜 그래?"

"내가 뭐."

"아니 투덜대듯 말하니까 그렇지."

"들어와."

인혜가 맹탐정의 옷소매를 끌어당겼다. 맹탐정은 인혜네 현관에서 거실을 바라보고는 입을 크게 벌렸다. 벌써 몇 번이나 와 봤지만 장판 대신 대리석이 깔린 바닥은 볼 때마다 신기했다. 돈을 얼마나 많이 벌면 거실 바닥에 대리석을 깔고 살 수 있을까. 인혜가 맹탐정을 툭 쳤다. 맹탐정은 안 놀란 척 연기하며 소파에 앉았다.

"자아 찾았어?"

"아니, 그건 아니고 힌트를 좀 얻었어. 자아 찾기 힌트!"

"뭔진 모르지만 안 말해 줘도 돼."

"왜?"

"나 여기 남기로 결정됐어."

"뭐?"

맹탐정이 놀라서 소파에 반쯤 기댄 몸을 일으켰다.

"엄마 아빠끼리 결정했대. 엄마가 가서 자리 잡으면 그때 나를 부르겠대. 진짜 그럴지 아닐지는 모르겠지만."

"넌 어차피 꼭 엄마 따라가고 싶은 건 아니었잖아. 그때 힘들게 살기 싫다고……."

"그랬는데 막상 엄마가 날 놓고 간다니까 버림받은 느낌이 들었어."

맹탐정이 고개를 끄덕였다.

"아닐 거야."

"위로하지 마."

"알았어, 미안."

맹탐정은 인혜의 말에 바로 수긍했다. 인혜에게 필요한 건 값싼 위로가 아니다. 값비싼 위로를 해 줄 수 없다면 그저 묵묵히 들어 주는 수밖에 없다.

"근데 네가 찾은 힌트가 뭐야?"

"필요 없다며."

"궁금은 해."

맹탐정은 한숨을 내쉬었다. 맹탐정도 이미 기분이 한풀 꺾인 상태라 별로 말하고 싶지 않았다. 그래도 지금 이 분위기를 끝내려면 무엇이든 말해야 한다.

"내가 네 얘기를 돌려 돌려 아빠한테 물었거든? 그랬더니 아빠가 그 친구한테 물어보래. 누구랑 더 있고 싶은지. 그럼 답을 알 수 있을 거라고. 근데 나는 그 이야기를 듣고 너한테 오는 길에 다른 생각이 들었어."

"무슨?"

"아빠는 자신이 실패했다고 생각하거든. 사법고시가 폐지돼서 자아를 못 찾았대."

"그런데?"

"만약 사법고시가 폐지되지 않고, 만약 아빠가 합격했다면 아빠는 자아를 찾았을까 하는 생각이 들었어. 아빠가 사법고시에 합격하든 말든 그건 자아의 실종과 상관없는 것 같아. 합격했어도 자아를 못 찾았을 수도 있고 반대로 사법고시에 계속 떨어졌더라도 자아를 찾았을 수도 있지. 아빠는 아빠 자신에게 속은 거야. 어쩌면 속고 싶었는지도 모르고."

"우리 엄마 아빠가 이혼하더라도 내 자아는 변함없다는 거야? 엄마 아빠가 이혼해도 내 자아는 그대로라는 거지?"

맹탐정이 고개를 끄덕였다.

"네가 잃어버리고 싶지만 않으면."

"모르겠어. 잃어버리고 싶은 건지 아닌지. 애들이 엄마 아빠 이혼했다고 놀릴까 봐 겁나. 그 생각만 하면 어딘가로 숨어 버리고 싫어."

"너네 엄마 아빠가 이혼해도 너는 너야. 그 사실은 변하지 않아. 네 자아도."

"정말 그럴까? 다들 날 떠나고 내 자아도 날 떠나지 않을까?"

"아니."

맹탐정이 단호하게 말했다.

"내가 도와줄게. 만약에 네 자아가 널 떠나려고 하면 내가 미리 눈치채고 붙잡아 줄게."

"고마워."

인혜의 표정에 안도감이 스쳐 지나갔다.

"사실 지금 너무 혼란스러워."

"이해한다고 말하고 싶지만, 사실 잘 모르겠어. 근데 나도 우리 엄마 아빠가 이혼한다고 하면 그럴 것 같아."

인혜가 입술을 깨물었다. 그러더니 불쑥 "좆같아."라고 했다.

"뭐가?"

"세상이. 엄마 아빠가. 내가. 모든 게 다 좆같아."

인혜는 "슬프거나 혼란스러울 때 좆같아, 라고 혼잣말하면 좀 괜찮아진다. 너도 나중에 해 봐."라고 했다.

좆같다, 라고 혼잣말을 해 봤다. 기분이 나아지기는커녕 더 좆같아졌다. 인혜도 말과는 달리 더 우울해진 듯했다. 둘은 시무룩한 채로 가만히 앉아 있었다. 시무룩한 애 둘이 거실 소파에 앉아 있으니 집 전체가 시무룩해진 것만 같았다.

맹탐정이 자리에서 일어섰다.

"내가 네 자아를 찾아 줬더라면 좋았을 텐데……."

"아니야. 엄마는 애초에 나를 데리고 갈 생각이 없었어. 그냥 예의상 같이 갈 거냐고 물은 건데 내가 진짜로 같이 간다고 할까 봐 놀라서 허둥댔던 거야."

"그건 아닐 거야."

"그런 위로 하지 말라니까."

"알았어, 미안. 갈게."

맹탐정은 시무룩한 인혜의 집을 빠져나왔다. 시무룩한 애 한 명이 빠져나갔으니 인혜의 집이 좀 덜 시무룩해지길 바라면서. 맹탐정은 시무룩한 감정을 등에 지고 천천히 걸어 집으로 갔다.

오랜만에 저녁 식사 자리에 가족이 다 모였다. 아, 정주시에 있는 언니는 빼고 말이다. 상에는 미역국과 케이크, 불고기와 잡채 등이 있었다. 할머니 생신이라 엄마가 차린 거지만 마치 아빠 환영 잔치 같았다.

"엄마, 지금 노래 부르면 돼?"

혼자 신이 난 맹똘이의 말에 엄마와 할머니가 고개를 끄덕였다.

맹똘이가 박수를 치며 생일 축하합니다, 생일 축하합니다, 하고 부르기 시작했다. 맹탐정은 이리저리 눈알을 굴리다가 맹똘이를 따라 박수를 치며 노래를 불렀다. 그러자 아빠가 따라 노래를 부르고 이어 엄마까지 박수를 치며 노래를 불렀다. 그래서 더 신이 났냐면? 아니다. 박수는 세월아 네월아 치고 목소리는 어두워 이게 생일 축하 노래인지 장송곡인지 분간이 가지 않았다.

할머니가 촛불을 끄자 맹똘이가 선물을 내밀었다. 맹탐정은 선물 대신 봉투에 5만 원을 담았다. 어른들은 세상 무엇보다 돈을 좋아한다는 걸 일찌감치 깨우쳤기 때문이다.

"나만 준비를 못 했네."

아빠가 말하자 할머니가 쌔한 눈으로 아빠를 쳐다봤다.

"선물이고 나발이고 네가 정신 차리는 게 제일 큰 선물이야. 자아 찾겠다고 싸돌아댕기지 말고."

"그래서 지금 일 잘 다니고 있잖아요."

할머니가 일부러 쯔쯔쯔 소리를 냈다. 엄마 들으라는 듯이. 아빠랑 단둘이 있을 땐 그러지도 않으면서……. 이게 다 엄마가 화난 듯이 팔짱 끼고 케이크를 노려보고 있어서다. 맹탐정은 괜히 엄마에게 부아가 났다.

"엄마는 할머니 선물로 뭐 준비했어?"

엄마가 맹탐정을 노려봤다.

“넌 몰라도 돼.”

“달랑 미역국이야?”

“넌 무슨 말을 그렇게 하냐. 미역국이 어딘데.”

할머니가 거들었다.

“내 말이 맞나 보네. 달랑 미역국!”

“엄마 지금 많이 참고 있거든? 좋은 말로 할 때 그만해.”

“지금 여기 있는 사람들 다 엄마 눈치 보고 있어.”

“무슨 소리 하는 거야? 누가 내 눈치를 봐? 다 나만 우습게 아는데.”

“에미야, 너 무슨 소리를 그렇게…….”

“제가 어머니 생신이라 오늘은 참으려고 했는데 도저히 안 되겠네요. 더 이상 이렇게는 못 살겠어요. 서류 정리할게요.”

이렇게 말하고 아빠를 보며 “서류는 화장대 서랍 찾아보면 있을 거야.” 했다.

“여보.”

“에미야.”

급작스러운 일이었다.

“다 누나 때문이야!”

맹똘이가 두 주먹을 불끈 쥐고서는 맹탐정을 향해 쏘아붙였다. 맹탐정이 화를 내기도 전에 맹똘이가 으아앙 하고 울어 버리는 바람에 맹탐정은 입만 벌린 채 멍하니 있었다.

"어머니 맨날 제 앞에서 이이 욕해도 속마음은 안 그런 거 알아요. 어머니한테도 못할 짓이고 저도 힘들어요. 이제 그만하고 싶어요."

"엄마! 엄마가 모르는 게 있어!"

맹탐정이 갑자기 입을 열었다. 할머니, 엄마, 아빠에 맹똘이까지 모두 맹탐정의 입만 바라봤다.

"그게, 있잖아, 아, 아빠, 찾았대!"

"뭘?"

"자아를. 자아를 찾았대."

"어디서?"

"여기서."

"여기?"

"누나, 여기 말이야?"

"승지야, 여기 말이냐?"

"맹승지! 너 똑바로 말해. 여기라니 어딜 말하는 거야?"

맹탐정은 불안한 눈빛으로 아빠를 바라봤다. 아빠는 엄마의 이혼 통보와 맹탐정의 거짓말에 이미 혼이 나간 듯했다.

"여기, 그러니까, 우리 집. 우리 집에 있었대."

맹탐정이 아빠를 바라보며 고개를 끄덕였다. 그러면서 눈빛으로 얼른 고개를 끄덕이라는 신호를 보냈다. 신호가 통했는지 아빠도 고개를 끄덕였다. 처음에는 조금 끄덕이다가 나중에는 크게 끄덕였다.

"애비야, 그게 진짜냐?"

할머니가 아빠에게 물었다. 아빠가 고개를 끄덕였다.

"당신 거짓말하지 마. 그런 거 안 통해."

"거짓말 아니야."

아빠는 뭔가를 더 말하고 싶은 듯했다. 맹탐정은 눈치껏 맹똘이의 팔을 잡아 일으켰다.

"누나 왜 그래? 나 나가기 싫어."

맹똘이가 엄마 옆에 딱 붙어서는 고집을 부렸다.

"거짓말이라면 왜 내가 여기로 생활비를 부쳤겠어?"

"당신 자아가 여기 있어서 여기로 돈을 보냈다고?"

"에미야, 원래 돈 가는 데 마음 가는 법이다."

"어머님까지 정말 왜 이러세요!"

엄마는 울기 일보 직전인 것 같았다. 맹탐정이 시작한 주먹만 한 눈덩이가 아빠에게 굴러갔다가 할머니에게로 굴러가면서 점점 커졌다. 엄마의 두 팔로는 감당할 수 없을 만큼 커져서 엄마도 같이 뒤로 넘어가 버렸다. 엄마는 정말 이번에야말로 아빠와 끝을 보고 싶었던 것 같은데 우리가 다 망쳐 버린 것이다.

아니, 맹탐정이 망친 것인가.

맹탐정도 갑자기 엄마처럼 울고 싶어져서 입을 크게 벌렸는데 엄마가 갑자기 휴 하고 한숨을 내쉬고는 미역국에 밥을 말기 시작했다.

"엄마?"

내가 들릴 듯 말 듯한 작은 목소리로 엄마를 불렀지만 엄마는 세상에 자신과 미역국만 존재한다는 듯이 꾸역꾸역 미역국을 입에 넣었다. 이놈의 인생 지긋지긋해. 그런 말을 중간중간 물 마시듯이 중얼거렸다.

우리는 엄마를 따라 밥을 먹기 시작했다. 엄마가 대장처럼 우걱우걱 먹고 우리는 졸병처럼 깨작깨작 먹었다. 그중에 아빠가 제일 깨작깨작 먹었다. 맹똘이가 숟가락으로 케이크 옆구리를 자꾸 파먹어서 케이크가 한쪽으로 기울어졌다. 어떻게 할까 하다가 맹탐정은 반대쪽 옆구리를 파먹었다. 케이크가 기울어지는 대신 아래로 푹 하고 무너졌다.

기울어지는 것과 무너지는 것의 차이는 무엇일까. 우리 가족은 지금 기울어지는 중일까, 무너지는 중일까. 확실한 건 이상한 가족이라는 거다. 세상에 이런 가족이 또 있을까?

제발 없다고 말해 주면 좋겠다.

아니, 많다고 해 주면 좋겠다. 세상의 모든 가족들이 다 이상해서 우리 가족은 이상한 축에도 못 든다고 말이다.

"미역국이 맛있네요."

"원래 에미 솜씨가 좋잖니."

"미역국 맛이 미역국 맛이지 뭐가 또 맛있다고."

"엄마, 똑같은 원두라도 비싼 기계에서 내리면 더 맛있잖아. 그거랑 똑같은 거지. 엄마 손맛이 좋으니까 똑같은 재료로도 더 맛있게 끓이는 거지."

맹탐정의 말에 엄마가 피식 웃었다.

"넌 탐정 안 되면 변호사 해야겠다. 말은 어찌나 청산유수인지. 아 참, 변호사는 공부 잘해야 되지."

"꼭 그렇게 비꼬듯 말해야 돼?"

"칭찬이야."

맹탐정이 휴 하고 한숨을 내쉬었다. 그 한숨 소리에 할머니가 살짝 미소를 지었다. 엄마에게 한 방 먹었지만 기분이 나쁘지 않았다. 갑자기 맹똘이가 더워, 하면서 커튼을 열었다.

환한 빛이 쏟아져 들어왔다. 반사적으로 눈살을 찌푸렸다.

그때 환한 빛 사이로 파랑색의 뭔가가 우주에서 별똥별이 떨어지듯 상 위로 떨어졌다. 자세히 보니 새 같기도 했다. 파랑새? 맹탐정이 주먹 쥔 손으로 눈을 비비고 다시 상을 쳐다보니 파랑새는 커녕 먼지만 보였다.

"눈 따가워. 커튼 쳐."

"왜 그러니? 날만 좋은데."

할머니는 기분이 좋아 보였다. 엄마는 뚱했고 아빠는 멍했고 맹똘이는 다시 혼자서 신이 났다. 맹탐정은 자신도 맹똘이처럼 뭘 모르면 얼마나 좋을까 생각했다. 때로는 안다는 게 괴로움이 될 때도 있다. 지금처럼……. 맹탐정은 엄마의 고단함을, 아빠의 초조함을, 할머니의 두려움을 알아서 맹똘이처럼 신날 수 없었다.

맹탐정은 부유하는 먼지들을 노려봤다. 엄마 아빠는 이혼과 봉합 사이의 갈림길에 서 있었다. 엄마가 어느 쪽 길을 택하든 엄마를 따라가야겠다고, 맹탐정은 생각했다.

그런 면에서 맹탐정은 인혜와는 달리 확고했다. 그건 맹탐정이 자아를 찾아서가 아니라 공정하기 때문이다. 가족에 대한 엄마와 아빠의 기여도를 저울에 올려놓고 잰다면 한쪽으로 급격히 기울 것이다. 아까 맹똘이가 파먹었던 케이크처럼.

맹탐정은 자꾸만 기울어지는 상상을 했다. 엄마 쪽으로 자꾸만 자꾸만. 어지러웠다.

"너 자는 거야?"

엄마가 내 어깨를 흔들었다. 맹탐정은 그대로 기절하듯 엄마에게 기대 잠이 들었다.

맹탐정은 학교에 가자마자 담임 선생님을 찾았다. 담임은 벤치에 앉아 있었다. 맹탐정이 담임의 옆자리에 앉자 담임이 눈웃음을 지었다. 평소 맹탐정의 눈에는 갓 부임한 선생님조차도 아줌마, 아저씨처럼 보였는데 서른 살이 훌쩍 넘은 담임만은 꼭 친구같이 느껴졌다.

"선생님, 선생님 몸 안에 심장이랑 위장이랑 콩팥이랑 다 들어있잖아요. 근데 그걸 볼 수는 없잖아요."

"너 인사는 했니?"

"안녕하세요."

"그래, 안녕."

선생님이 손까지 올리고 정식으로 인사했다.

"그래서?"

"자아도 그런 것 같아요. 우리 안에 있는데, 그건 정말 확실한데 눈으로 볼 수 없을 뿐이에요. 그런 생각이 어제 불현듯 들었어요."

"불현듯?"

"먼지가 부유하는 걸 보고요. 아니 아니 케이크가 기울어지는 걸 보고서요."

"목욕하다가 부력의 법칙을 깨닫고 유레카를 외친 아르키메데스 같네."

"그게 뭐예요? 암튼 그걸 보면서 그런 생각이 들었어요. 자아가 몸 밖에 나와 있으면 누구나 쟤 자아가 무너졌네? 쟤 자아가 기울었구나, 하고 알아챌 거 아니에요. 우리 눈으로 볼 수 없으니까 사람들은 저 사람의 자아가 얼마나 망가졌는지 모르는 거예요. 그래서 멀쩡한데 집에서 논다고 뭐라고 하고 건강한데 아픈 척한다고 욕하는 거예요. 근데요, 눈에 안 보여도 아플 수 있어요, 마음이, 그러니까 자아가요."

맹탐정은 다 말한 후에야 숨을 몰아쉬었다.

어제 먼지를 보면서 생각했다. 평소에는 먼지가 보이지 않지만 갑자기 햇빛이 쨍하고 비치면 모든 게 다 보인다. 어제 식사가 그랬다. 그동안 보이지 않던 문제들이 모두 표면으로 올라왔다. 이제 더 이상 우리 가족은 그 문제를 못 본 척할 수 없을 것이다.

아빠의 자아도 눈에 보였으면 좋겠다고 생각했다. 그럼 얼마나 기울어졌는지 무너졌는지 알 수 있을 텐데……. 심장처럼, 위장처럼, 콩팥처럼 엑스레이를 찍어서 볼 수 있다면 얼마나 좋을까.

아빠의 자아에서 피가 철철 흐르는 상상을 했었다. 그런 상상을 해야만 아빠가 밉지 않았으니까. 아빠를 미워하지 않기 위해 아빠의 자아가 아프다고 상상하는 자신이 초라했었다.

"승지야! 올챙이는 커서 뭐가 되는지 알아?"

"엥?"

맹탐정은 어이가 없었지만 "개구리요." 했다.

"병아리는?"

"닭이요."

"승지는 뭐가 될까?"

"탐정이요."

"아니, 틀렸어."

"그럼요?"

"너 자신이 되는 거야. 그게 탐정일 수도 있고 선생일 수도 있고 과학자일 수도 있고 또 청소부일 수도 있지."

"무슨 말인지 이해가 잘 안 되는데 이해할 수 있을 것도 같고 그래요."

"이해하려고 노력하는 게 중요하지."

"아빠는 자신이 실패했다는 걸 받아들이기 힘든가 봐요. 아빠가 어릴 때부터 실패를 많이 해 봤으면 좋았을 텐데 싶어요."

"아빠 말고 너는 어때? 네 마음은."

"잘 모르겠어요."

"혹시 아빠가 실패했다는 걸 받아들이기 힘든 사람이 아빠가 아니라, 너는 아닌지 한번 생각해 봐. 내가 보기에 너는 아빠한테 너무 얽매여 있어. 사람들은 그걸 상처라고 부른단다."

맹탐정은 벤치에서 벌떡 일어섰다.

"선생님, 저 그만 가 볼게요."

다행히 수업을 알리는 종소리가 울렸다. 맹탐정은 몸을 돌려 교실로 향했다. 어쩐지 기분이 좋지 않았다. 자아가 뭔지, 아빠가 뭔지 더 이상 생각하고 싶지 않았다. 탐정도 때려치우고 싶었다. 안에서 뭔가가 붕괴된 느낌이었다. 그게 어제의 일 때문인지, 방금 담임과의 대화 때문인지는 모르겠다.

맹탐정은 미래의 자신에 대해 생각했다. 돈도 명예도 없이 늙은 맹승지를. 태어나서 자신의 미래를 이렇게 어둡게 그려 본 건 처음이었다. 무슨 자신감인지 모르겠지만 성적이 나빠도 자신은 꼭 서울대학교에 들어갈 것 같았고, 얼굴이 못생겨도 나중엔 달라질 것 같았다. 그러다 이제야 제대로 된 거울로 자신의 얼굴을 본 것 같았다. 오목하거나 볼록하지 않은 거울로. 그러자 충격을 받았다.

어떻게 이럴 수가 있을까? 조금 전까지만 해도 환한 낮이었는데 어느 순간 햇빛 한 톨 없는 컴컴한 밤처럼 느껴졌다. 세상에는 흑과 백만 존재하는 것 같고 그 사이에는 아무것도 없는 것 같았다. 아빠가 사법고시에 떨어지고 느낀 감정이 이런 것이었을까?

"맹승지! 너 뭐 하고 있어?"

인혜가 2층 창가에서 얼굴을 내밀고 맹탐정을 불렀다. 맹탐정이 정신을 차리고 올려다봤다.

"수업 시작했어! 얼른 와!"

그제야 맹탐정은 정신을 차리고 다시 교실로 걸어갔다. 계단을 오르는 중에도 머릿속 폭풍은 거세어졌다. 여태껏 나라는 게 뭔지에 대해서는 애써 생각하지 않았지만 이제 이 질문을 피할 수 없을 것만 같았다. 나는 누구인지에 대해 답해야만 아빠처럼 되지 않을 것 같았다. 아빠에게는 미안하지만, 맹탐정이 가장 두려워하는 미래는 가난한 노인도, 못생긴 노인도 아닌 아빠 같은 노인이다. 자기 자신이 어떤 사람인지도 몰라 모두에게 민폐를 끼치는 삶. 자신을 올챙이라고 믿는 병아리 말이다.

병아리는 거울을 볼 때마다 생각한다. 나도 자라면 개구리가 되겠지 하고. 그러나 아무리 자라도 절대 개구리가 되지 못한다. 벼슬이 달린 닭이 될 뿐이다. 그렇다고 닭이 개구리보다 못한 것은 아니다. 둘은 틀린 게 아니라 다를 뿐이다. 병아리는 자신이 개구리가 될 수 없다는 사실을 받아들여야만 한다.

"뭐 해?"

계단을 오르다 말고 우두커니 서 있던 맹탐정이 깜짝 놀라 "악!" 소리를 질렀다. 인혜였다.

"선생님이 너 찾아오래."

"날씨 봤냐? 장난 아니야."

"그래서 어쩌자고."

"수업 듣기 싫어."

인혜가 놀란 눈으로 맹탐정을 쳐다봤다. 맹탐정이 복도 창문을 가리켰다.

어제 엄마는 분명 이렇게 말했다.

"이렇게는 도저히 못 살겠어."

당신과는 도저히 못 살겠어, 라고 말하는 대신에. 이제 아빠가 대답할 차례였다. 아빠는 자신이 올챙이가 아니라 병아리라는 걸 깨달을 수 있을까? 그러려면 달걀 껍질을 깨고 나와야 하는데 나이 마흔이 넘어서 그게 가능할까. 실망하게 될까 두려워서 기대하고 싶지 않지만 자꾸 마음이 설레었다.

"땡땡이 칠까?"

인혜의 말에 맹탐정이 고개를 저었다. 그 정도 용기는 없었다. 교실 뒷문을 열고 들어가자 과학 선생님이 화난 표정으로 맹탐정을 바라봤다. 맹탐정은 고개를 숙이고 자리에 앉았다. 자신의 간이 콩알만 하다는 사실을 확인한 순간이었다.

아빠는 정주시로 돌아갔다. 다시 돌아오겠다는 말을 남기고.

그전과 달라진 게 있다면 이번에는 '곧'이란 말을 덧붙였다는 것이다. 이곳에 일자리만 찾으면 곧 돌아오겠다고 했다.

엄마는 왜 아빠 같은 사람과 결혼한 것일까. 결혼 같은 거 꼭 해야 할까. 맹탐정은 아직 한 번도 '사랑'이란 걸 해 본 적이 없다. 심지어 연예인조차도 멋있다, 정도이지 너무 좋아서 어쩔 줄 모르겠다는 아니다. 남자와 여자가 뽀뽀하는 모습을 상상하는 것만으로도 토할 것 같다. 강한 부정은 긍정이라는데, 혹시 나는 변태인 것일까?

맹탐정이 고개를 세차게 흔들었다. 손에는 아빠가 남긴 편지가 들려 있었다.

명탐정 보거라.

첫 글자부터 틀렸다. 명탐정이 아니라 맹탐정인데. 역시 아빠는 맹탐정에게 관심이 없다.

자아를 잃어버렸다는 건 핑계의 말이었다.
네 엄마와 결혼하면서 취직을 했지만,
어느 순간부터 사법고시를 보고 싶다는 마음이 스멀스멀 올라왔다.
한 번만 더 해 보면 될 것 같은 근거 없는 희망 때문에.
그러다 네 엄마와 할머니의 반대에도 불구하고 공부를 하러 떠났다.
결과는 너도 알다시피 실패, 실패, 실패…….
사법시험이 폐지되고 나서야 마음을 다잡을 수 있었다.
하루하루 성실히 일해 너희들 생활비를 부치고 나면,
내가 뭘 위해 사법고시를 봤을까 하는 자괴감도 들었다.

그러다 알게 됐다. 실패한 나를 바라보는 것보다

도전하는 나를 바라보는 게 덜 힘들어서였다는 걸.

자아를 찾았냐고 물었지?

그건 잘 모르겠지만 이제 더 이상 도망갈 수는 없다는 생각이 들었다.

곧 돌아오마.

맹탐정은 편지를 주머니 속에 구겨 넣고 인혜에게 갔다. 인혜가 벌써 나와 바닷가 벤치에 앉아 있었다. 인혜는 맹탐정을 보자 봉투를 내밀었다. 봉투를 열어 보니 20만 원이 들어 있었다.

"뭐야?"

"사례금."

"해결 못 하면 안 받아. 그게 내 원칙이야."

"나 미국 가."

맹탐정이 깜짝 놀라 눈을 동그랗게 뜨니 "농담이야!" 했다.

"재미없어."

"어쨌든 지금 마음이 좀 개운하거든? 네 덕분에. 그러니까 넌 20만 원 받을 자격이 있어."

"아빠 갔어."

"그래서 속상해?"

맹탐정이 고개를 저었다.

"바다 색이 좀 이상한 것 같아. 검은색 같아."

"햇빛이 쨍하게 내리쬘 때는 투명한 파란색이었다가 어둑어둑 해지면 검은색이 된다는 게 신기해. 바다는 색을 아주 많이 많이 가지고 있어."

색을 많이 가지고 있는 바다라니! 인혜의 말에 굳어 있던 마음이 조금 풀렸다.

"우리 마음도 그런 것 같아."

"무슨 일 있었어?"

"엄마한테 울면서 엄마 따라가겠다고 했거든. 나 버리지 말라고. 그랬더니 엄마가 진심이냐면서 따라 우는 거야. 엄마도 날 두고 갈 생각에 마음이 너무 무거웠대. 어쨌든 그 이야기를 듣고 나니까 마음이 편해졌어. 여기 남는다는 결론은 똑같지만, 엄마가 나를 버렸다고 생각했던 거랑 아닌 거랑은 마음이 천지 차이야. 마음이라는 게 참…… 생각하기 나름인가 봐."

"정말 괜찮겠어?"

인혜가 고개를 끄덕였다.

"엄마는 젊은 시절부터 여행을 좋아했대. 일해서 모은 돈으로 여행 다니는 게 삶의 낙이었대. 그러다 우리 아빠를 만났는데 아빠는 여행을 별로 안 좋아했대. 그래도 엄마를 사랑하니까 엄마가 하자는 대로 했었나 봐."

"니네 아빠가 변했구나."

"그게 아니라 연애할 때 잠깐 변했다가 결혼하고 원래 모습으로 돌아온 거지."

"우린 절대 결혼 같은 거 하지 말자."

"싫어, 난 꼭 결혼할 거야."

"그래, 넌 해라. 난 안 해."

"엄마가 그러는데 너 같은 애들이 제일 먼저 결혼한대."

"두고 보면 알겠지."

맹탐정이 결의에 차 말했다.

"난 아빠를 닮았나 봐. 미국 간다는 생각만으로 스트레스야. 익숙한 게 좋아. 새로운 것보다. 엄마가 나비 같은 사람이라면 아빠는 나무 같은 사람이야. 난 내가 나비인 줄 알았는데 실은 나무 같은 사람인 거지."

"그럼 네 자아는 나무구나!"

인혜가 고개를 끄덕였다.

"아니다, 아닌 것 같아."

맹탐정이 황급히 덧붙였다. 마음 깊숙한 곳에서부터 뭔가가 올라왔기 때문이다. 그렇게 찾아 헤매던 자아의 실체를 조금 알게 된 것 같았다!

"아니긴! 내 자아는 내가 잘 알아. 난 나무야."

"아니야."

"그럼 뭔데?"

"우리 모두 다 마음속에 바다를 가졌어. 자아는 나무, 병아리, 올챙이, 탐정처럼 정해진 게 아니라 상황에 따라 시시각각 변하는 거야. 그러니까 자아는 바다야. 지금은 햇빛이 쨍쨍 내리쬐는 날의 바다가 네 자아고, 또 언젠가는 어둠이 내려앉은 바다의 자아를 갖게 되겠지."

"사람은 안 변해."

"사람이 변한다는 게 아니야. 자아라는 건 정해져 있는 게 아니라는 거야."

"엄마는 내가 오고 싶을 때 언제든지 오라는데 내가 미국에 갈 날이 올까?"

"난 그럴 거라 생각해."

"난 나무인데?"

"그렇게 단정하지 마. 그렇게 단정하면 너도 우리 아빠처럼 되는 거야."

친구에게 아빠에 대해 이렇게 말하는 게 속상했지만 다르게 말할 방법이 없었다.

"우리 아빠도 당연히 사법시험에 합격해야 된다고만 생각했대. 이유는 없어. 아마 그렇게 생각했기 때문에 당연히 그래야 된다고 생각한 것 같아. 왜 그런 거 있잖아. 생각을 한번 정하고 나면 바꾸기 힘든 거. 음, 예를 들어서 연필을 연필로 부르기로 정하고 나면 연필로 부르는 게 정답이고 다른 명칭은 상상도 할 수 없어지는 것과 같은 거지. 애초에 연필을 필필이라고 부르기로 했다면 지금 모두들 연필을 들고 필필이라고 떠들겠지. 그거랑 똑같아. 그냥 그렇게 생각하고 나니까 그렇게 되어야만 한다는 거야. 아빠는 천재 소리 들으면서 자라서 서울대학교를 나왔어. 당연히 사법고시에 합격할 거라고 생각했겠지. 그런데 떨어졌네? 어라? 이게 아닌데, 나는 합격해야 하는데, 하고 또 시험을 봤겠지. 그걸 열몇 번이나 반복한 거야. 만약 아빠가 합격하면 좋지만 합격하지 않아도 난 나야, 라고 생각했으면 어땠을까? 난 그럼 아빠가 지금보다는 더 행복했을 거라고 생각해."

"엄마를 따라가야 행복하다거나 아빠랑 살아야 행복할 거다, 이런 식으로 생각하지 말라는 거구나. 나의 자아는 바다 색처럼 상황에 따라 변하니까?"

맹탐정이 다시 고개를 끄덕였다.

"솔직히 100프로 이해할 수는 없지만 한 10프로는 이해가 돼. 그러니까 네 말은 아주 안 좋은 상태의 나도, 나 자신으로 받아들여야 한다는 거지? 한밤중의 어두컴컴한 색의 바다도 바다인 것처럼."

맹탐정이 고개를 끄덕였다.

“넌 내 말을 100프로 이해하고 있어!”

“애들이 너 좀 이상하다고 하는데 내가 보기엔 네가 너무 똑똑해서 그런 것 같아.”

“애들이 나 이상하대?”

“너도 알고 있잖아.”

맹탐정이 빙그레 웃었다.

“그럼 사례금 받아도 될까?”

“어디 쓸 건지 물어봐도 돼?”

“언니 줄 거야.”

“왜?”

맹탐정이 고개를 저었다. 말해 주기 싫어서가 아니라 이유가 없어서다. 그냥 언니에게 돈을 주고 싶었다. 언니가 어디에 쓰든 상관하지 않을 것이다. 길가에 버린다고 하더라도!

“내일 학교에서 봐.”

인혜가 먼저 자리를 떴다.

지금 내 자아는 어떤 색일까? 노을이 진 바다처럼 붉은색이 아닐까? 기분이 좋지도 나쁘지도 않고 이상하기만 했다. 교정기를 막 끼고 나온 사람처럼 이물감이 느껴졌다.

이물감……. 이 감정은 처음으로 느껴 본 감정이었다. 지금 발을

딛고 있는 현실 세계와 붉은색의 내 자아가 어울리지 못하고 불화하고 있다. 이게 엄마가 말한 사춘기일까? 만약 그렇다면 사춘기란 참 피곤한 것이구나. 맹탐정이 집에 가기 위해 일어섰을 땐 바다 색이 이미 보이지 않을 만큼 어두워졌다.

집으로 걸어가는 길에, 탐정이 되지 않아도 괜찮다는 생각이 들었다. 가끔은 꿈이 족쇄가 되기도 한다는 걸 알았으니까.

맹탐정, 아니 맹승지가 걸어간다.

나는 너에게 공정하고 싶어

인혜 사건이 끝난 후엔 아무것도 하기 싫었다. 양치질, 공부, 청소 같은 일상적인 것 정도를 말하는 게 아니다. 아무것도, 그러니까 숨 쉬는 것도 귀찮을 정도였다. 즉, 나는 '생존'하는 데에 필요한 일조차 하기 싫은 상태였다.

심지어 탐정 일도 하기 싫었다. 아마도 남의 고민을 들으면서 나까지 그 고민에 동화되기 때문인 것 같았다. 탐정이지만 탐정이 아닌, 그런 나 자신도 싫었다. 도대체 나는 탐정인가 아닌가. 엄마는 내가 막상 탐정 일에 흥미를 보이지 않자 너는 탐정 일에 소질이 있다면서 네가 없으면 산이군에서 탐정이 필요한 사람은 어떡하냐며 나를 치켜세웠다. 내 생각엔 내가 집에만 처박혀서 입을 쭉 내밀고 있으니 그게 꼴 보기 싫어서인 것 같았다.

모든 게 싫고 가만히만 있고 싶었는데 의뢰가 들어왔다.

어쩌다 보니 연달아 세 개의 의뢰가 모두 부모와 관련된 거라 명함에 '부모 문제 절대 사절'이라고 추가 구절을 적어 놨는데, 황당하게 부모가 사건을 의뢰했다. 그러니까 부모 문제가 아닌 자식 문제였다.

"용우가 요새 집에서 말을 안 해. 왜 그런지 좀 알아봐 줄 수 있니?"

용우 엄마인 이 집사의 부탁이었다. 용우 엄마는 신실한 기독교 신자인데, 교회에 다니지 않는 사람들도 용우 엄마를 집사라고 부른다.

"용우 원래 조용하잖아요."

"그렇지. 근데 더 더 더 조용해졌으니까 그러지. 요샌 나랑 눈도 안 마주쳐."

"사춘기 아닐까요?"

이 말을 하고 나서야 나도 중학생 엄마들이 걸렸다는 사춘기병에 걸렸다는 걸 알았다. 작은 문제라도 터지면 무조건 사춘기라서 그렇다고 하는 게 사춘기병이다. 자식을 사랑하지만 본인의 삶이 너무 피곤한 사람들이 주로 걸린다.

"그거야 내가 모르지. 네가 한번 알아봐 줘."

"저 좀 쉬려고 했는데……."

"셜록 홈스 뮤지컬이 나왔다던데, 보고 싶지 않니?"

셜록 홈스 뮤지컬이라면 내가 사건을 맡을 거라는 발상이 유치했다. 내가 애도 아니고……. 그러나 아줌마가 친절해서 이 사건을 맡기로 했다. 친절한 사람에게 싫어요, 라고 거절을 하고 싶지 않았다. 친절엔 친절로, 싸가지엔 싸가지로.

맹탐정은 용우에게 직접 묻는 우를 범하지 않겠다고 다짐했다. 뭐 하나 잘못 물어보면 배신 3인방이 또 뒤에서 사람들에게 맹탐정이 글쎄, 하면서 이야기하고 다닐 게 뻔했다. 용우에게 직접 묻지 않으면서 용우의 말수가 적어진 이유를 찾아내야 한다.

어려운 미션이지만 걱정스럽지는 않다. 정 못 알아내면 바다 색처럼 하루 열두 번도 더 변하는 마음을 들여다보기가 피곤한 어른들처럼 사춘기라서 그렇다고 해 버리면 된다. 어른들을 원망하는 건 절대 아니다. 사는 게 피곤하면 그럴 수 있다. 인혜의 자아 실종 사건을 추적하면서 몸과 마음이 너무 피곤했다. 피곤해져 보니 어른들의 마음을 조금 이해할 수 있었다. 피곤하다는 건 귀찮다는 것이다. 그리고 귀찮다는 건 늙었다는 것이다. 그렇다. 맹탐정은 지난번 사건을 통해 많이 늙었다.

"너 왜 요즘에 피아노 학원 안 와?"

수업이 끝나고 용우가 먼저 맹탐정에게 말을 걸어왔다.

"무슨 상관이야."

"됐어, 말을 마. 걱정돼서 물었더니 괜히 짜증이야."

"알았어, 미안해."

맹탐정은 빠르게 사과했다. 좋은 말, 예쁜 말은 못 해도 사과는 잘하니까. 그러고 덧붙였다.

"사실 요새 뭐든지 귀찮아. 짜증 나고."

"너도 그래?"

맹탐정이 고개를 끄덕이며 "다 때려치우고 싶어."라고 덧붙였다.

"새로 뭐 하는 거 있어?"

맹탐정이 고개를 저으며 말했다.

"그게 문제야. 하는 게 없어서 때려치울 게 없어."

용우가 피식 웃더니 "너 사춘기 아니냐?" 했다.

"우리 엄마 말대로라면 나 지금 5년째 사춘기야."

용우가 다시 웃더니 "아, 힘들어서 너랑 말 못 하겠다."고 했다.

"우리 카페 가서 아이스커피 마실래?"

"오늘 할머니만 계셔?"

맹탐정이 고개를 끄덕였다. 용우가 처음에는 알겠다고 했다가 이내 고개를 저으며 귀찮다고 했다.

"귀찮아지면 늙는 거래. 할머니가 그랬어."

"사람은 태어나면서부터 죽음을 향해 달려가는 거야."

"누가 그래?"

용우가 어깨를 으쓱해 보였다.

"누가 한 말인진 몰라도 멋진 말이다. 죽음을 향해 달려가다니……. 셜록도 그런 말은 못 할 거야."

감탄하는 맹탐정의 어깨를 용우가 툭 치고 갔다.

맹탐정은 터벅터벅 걸어서 학교를 빠져나갔다. 곧 있으면 여름 방학이 시작될 텐데 한여름이 조금도 반갑지 않았다. 어서 한여름이 지나가 초록색의 나뭇잎이 붉은색으로 변해 스스로 땅을 향해 떨어졌으면 좋겠다. '낙하하다'라는 말은 이럴 때 쓰는 것일까?

"왜 땅만 보고 걸어?"

자전거를 타고 퇴근하던 담임 선생님이었다.

"낙하하는 것에 대해서 생각하고 있었어요."

"낙하? 너 혹시 절벽에서 떨어지는 꿈 꾸니? 그거 키 크는 꿈인데."

"선생님, 어디 가시는지는 모르겠지만 안녕히 가세요."

담임이 피식 웃고는 다시 자전거를 타고 달려갔다. 바람에 선생님의 바지가 펄럭펄럭 날렸다. 선생님은 왜 맨날 통 큰 바지만 입을까? 물어보고 싶지만 예의 없어 보일까 봐 차마 묻지 못했다. 만약 맹탐정이 담임의 친구라면 통 큰 바지를 입지 말라고 말해 줄 것이다. 뭐랄까, 담임을 전혀 모르는 사람이라도 통 큰 바지 하나로 담임이 어떤 사람인지 1초 만에 알 수 있을 것 같아서다. 고지식하고 착한 사람.

맹탐정은 곧바로 카페로 갔다. 카페에는 동네 사람만이 아니라 낯선 손님들도 몇몇 보였다. 맹탐정이 자신의 지정석에 앉자 할머니가 다가왔다.

"왔니?"

맹탐정이 고개를 끄덕이고는 "할머니도 사춘기가 있었어요?"라고 물었다. 할머니가 미간을 찌푸리면서 "놀랄 만한 사실 하나 알려 줄까?" 했다.

"뭔데요?"

맹탐정이 몸을 바싹 세웠다.

"할머니도 너만 한 때가 있었다. 태어났을 때부터 할머니가 아니라."

"진짜요?"

맹탐정의 말에 할머니가 웃으면서 갔다. 왜 웃지? 생각하다가 이내 자신이 엄청 바보 같았다는 사실을 깨달았다. 머리로는 할머니도 당연히 아기로 태어나 세월이 흘러 할머니가 됐다는 걸 이해하지만, 마음으로는 잘 못 받아들이겠다. 할머니는 그냥 처음부터 할머니였을 것만 같다.

맹탐정은 아빠에게 전화를 걸었다.

아빠가 떠난 후 처음이었다. 신호음이 다 끝날 때까지 아빠는 전화를 받지 않았다. 맹탐정은 핸드폰을 껐다. 한 달이 다 되어 가는데 아빠는 왜 연락이 없는 것일까. 실은 연락을 해 볼까 말까 며칠 동안 고민하다 아무렇지 않은 척, 문득 생각난 척 전화를 걸었던 것이다.

아빠는 마음이 변한 것일까.

아빠는 이곳을 떠나면서 분명 곧 돌아온다고 했었다. 그러나 막상 정주시로 가고 보니 돌아올 마음이 사라져 버린 것일까. 그렇다면 마음이란 얼마나 가벼운 것일까. 아빠는 나와 우리 가족 생각을 얼마나 할까. 아빠의 자아는 지금 무슨 색일까. 엄마와 할머니에게 물어볼 수도 없는 질문들이 맹탐정의 마음을 헤집어 놓았다.

- 야, 솔직히 말할게. 니네 엄마가 찾아왔었어.

- 뭐?

맹탐정은 울적한 기분에 용우에게 문자를 보내 버렸다. 다 때려치우고 싶은 심정이라 이 일로 맹탐정의 명성에 금이 가도 어쩔 수 없다. 자포자기의 마음이랄까.

- 요즘 네가 말수가 적어졌다고 이유 좀 알아 달라고.

- 근데 왜 나한테 직접 말해? 추리 안 하고.

- 귀찮아서. 솔직히 내가 지금 네 문제까지 신경 쓸 겨를이 없다.

- 너처럼 오지랖 넓은 애한테까지도 버림받다니. 슬프다.

- 슬프다고?

- 카페야? 기다려.

응, 이라고 답변을 보내지도 않았는데 용우는 기다리라고 했다. 혹시 용우도 나처럼 모든 게 귀찮아진 게 아닐까? 맹탐정은 슬프다는 용우의 말이 왠지 마음에 남았다.

창문 너머로 용우가 보였다. 마음이 답답해 밖에 있고 싶었다. 맹탐정은 할머니한테 아이스아메리카노를 달라고 해서 가지고 나갔다. 용우가 맹탐정 앞에서 숨을 몰아쉬었다.

"마셔."

용우가 아이스아메리카노 뚜껑을 열고 벌컥벌컥 마셨다. 그러나 드라마 속 장면과는 달리 얼음 때문에 잘 넘어가지 않았다. 급기야 양쪽 입가로 커피가 질질 흘러나왔다.

"더러워."

용우가 티셔츠를 집어 들어서 입 주변을 닦았다. 맹탐정의 말에 별로 신경 쓰는 것 같지 않았다. 용우가 걷기 시작해 맹탐정도 따라 걸었다.

"너 요즘 아무것도 하기 싫고 모든 게 귀찮고 다 될 대로 돼라, 그런 심정이야?"

맹탐정이 묻자 용우가 고개를 끄덕였다.

"어떻게 알았어?"

"나 네가 왜 그러는지 알 것 같아."

"알았어? 알아냈어? 엄마한테 말할 거야?"

용우가 다급하게 물었다.

맹탐정은 나도 그래, 하는 마음으로 가볍게 말한 건데 뭔가 얻어 걸린 느낌이었다. 이럴 때가 맹승지 탐정의 특기를 발휘할 때였다. 바로 능청이다!

"생각해 볼게. 그게 숨긴다고 숨겨질 일도 아니고."

"숨길 수 있을 때까지 숨기려고 했는데……."

"그게 세상에 숨길 일이냐?"

용우가 자신의 머리를 잡아 뜯었다.

"그렇지? 언젠가 들통나겠지?"

맹탐정이 고개를 끄덕였다. 그러고는 혹시 용우가 더 깊게 물어볼까 봐 일부러 핸드폰을 보며 딴소리를 했다.

"야, 여당이 뭐냐?"

"야당의 반대말."

"그럼 야당은 뭔데?"

"지금 그게 중요하냐?"

"그럼 뭐가 중요한데?"

"너도 알잖아."

아, 스무고개도 아니고! 솔직히 말할까? 실은 잘 모른다는 걸. 맹탐정이 고민하는데 용우가 멈춰 섰다.

"너도 내가 이상해 보이지? 막 변태처럼."

이상해 보인다고? 변태처럼? 용우를 생각할 때 한 번도 떠올려 본 적이 없는 말이다.

"왜 그런 생각을 해? 네가 변태면 세상 사람들 다 변태냐?"

"정말 그렇게 생각해?"

맹탐정이 고개를 끄덕였다.

"너무 창피하다. 끝까지 모르게 하고 싶었어. 엄마가 알았다는 사실을 내가 알았다는 걸. 엄마가 안 것도 창피하지만, 엄마가 아는 걸 내가 알았다는 걸 엄마가 알게 되는 게 더 싫어."

하, 도대체 이 집사가 알았다는 건 뭘까?

"엄마한테 말할 거야?"

맹탐정이 고개를 저었다.

"고마워."

"그게 아니라 귀찮아서. 요즘 내가 모든 게 귀찮거든."

"그럼 거짓말해 줄 수 있어?"

"뭐라고?"

"사춘기라서 그런 것 같다고 말이야. 대신 탐정료는 엄마 대신 내가 줄게."

"무능한 탐정이 되느냐 부패한 탐정이 되느냐……. 난 무능한 탐정을 택할게."

용우가 한숨을 내쉬었다.

"근데 남의 컴퓨터를 왜 보냐? 그게 더 나쁜 거 아니야?"

용우가 갑자기 씩씩거리면서 맹탐정을 노려봤다.

"넌 공정하지가 않은 거야! 그냥 무능한 탐정이 아니라 무능하면서 공정하지도 않은 탐정이야! 알겠어?"

용우는 맹탐정을 정말 잘 알고 있었다. 어떤 말을 해야 맹탐정이 화가 날지도. 무능한 탐정이 아닌 무능하면서 '공정'하지도 않은 탐정이라니!

맹탐정이 한마디 할 새도 없이 용우가 먼저 가 버렸다. 쫓아가서 따질까 했지만 그럼 자신이 아무것도 모른다는 것을 용우가 알아차릴 것 같아서 그만뒀다. 공정하지 못하다는 말은 참을 수 없는 모욕이었지만 이런 생각을 깊게 할 겨를이 없었다.

용우가 한 말 속에 힌트가 있었다. 맹탐정은 지금의 대화를 잊지 않게 카페로 전속력으로 달려가서 맹탐정 노트를 폈다.

용우는 엄마가 아는 걸 자기가 알았다는 걸

엄마가 알게 되는 게 더 싫다.

맹탐정은 공정하지가 않다.

남의 컴퓨터를 봤다, 나쁘다.

또 뭐가 있었나? 맹탐정은 머리를 긁적였다.

요약하면 용우의 컴퓨터를 이 집사가 몰래 봤는데, 그때 중요한 뭔가를 알게 되었고, 이 집사가 그걸 알게 됐다는 걸 용우가 알게 되었는데, 용우가 알게 되었다는 걸 이 집사는 몰랐으면 좋겠다, 는 것이다.

그때 형광등이 켜지듯 머릿속에 좋은 생각이 떠올랐다. 이 집사가 용우의 컴퓨터에서 본 게 무엇인지 내가 꼭 알 필요가 있을까? 그저 이 집사에게 전달만 해 주면 되는 것 아닌가.

아줌마가 컴퓨터에서 무엇인가 보신 걸 용우가 알아요. 그렇지만 용우가 그걸 눈치챘다는 걸 모른 척 넘어가 주세요, 라고 말이다. 그렇다면 이 일은 자연스럽게 해결되는 것이다.

맹탐정은 이 집사에게 전화를 걸었다. 이 집사는 단번에 전화를 받았다.

"용우 컴퓨터에서 뭐 보신 거 있죠?"

맹탐정이 확신에 차서 물었다.

"내가? 뭘? 그런 거 없는데?"

"네?"

맹탐정이 되물었지만 이 집사는 모른다고 했다. 일이 한층 복

잡하게 됐다.

용우의 컴퓨터에서 이 집사가 뭘 봤는데 이 집사는 그게 뭔지 기억조차 하지 못하고 있다. 용우에게는 그게 말까지 잃을 정도로 엄청 중요한 일인데 이 집사에게는 기억조차 나지 않는 사소한 일이다.

생각해 보니 웃긴 일이다. 이건 마치 돈 같았다. 어린아이에게 돈을 쥐여 주면 짜증만 낸다. 웬 종이 쪼가리를 주냐고. 이 집사에게 '아이의 손에 든 돈' 같은 게 뭐가 있을까?

도저히 생각이 나지 않는다. 맹탐정은 벌떡 일어섰다. 이럴 때 선택할 수 있는 건 단 한 가지다. 현장 조사! 직접 용우의 집에 가 보면 된다.

"아줌마, 혹시 용우 있어요?"

"아니, 볼일 보고 피아노 학원 갔다 온다고 했어. 저녁때나 들어올 거야, 아마."

"그럼 저 지금 갈게요!"

맹탐정은 그렇게 말하고 용우네 집으로 뛰어갔다. 날이 갑자기 더워지면서 조금만 뛰어도 온몸에 땀이 났지만 불어오는 바람 덕분에 금세 시원해졌다.

용우네 집에 도착하자마자 이 집사에게 지금까지 있었던 일을 차분하게 설명했다. 사실 아줌마가 안다는 사실을 용우가 알고 있지만, 용우가 알고 있다는 걸 아줌마는 몰랐으면 좋겠다고 했다는 부분은 말하지 말아야 할까 고민했다.

그런데 그 부분을 빼놓고는 용우의 컴퓨터를 열어 볼 명분이 없었다. 이 집사는 알겠다고 하고 컴퓨터를 열어 줬다. 용우네 컴퓨터는 용우 방에 있지만 가족 모두가 공동으로 사용하는 컴퓨터라 비밀번호가 없었다. 맹탐정은 우선 인터넷에 들어가 지난 방문 기록 등을 확인했다. 당연히 아무것도 없었다.

"어젯밤에 컴퓨터 누가 사용했어요?"

"용우. 왜?"

"싹 다 지워 놨어요. 방문했던 사이트들이요."

"얘 진짜 이상한 사이트 들어가는 거 아니야?"

"이상한 사이트요?"

"왜 그런 거 있잖아. 내가 직접 말하긴 그렇지만 왜 요 나이 남자애들이……."

"그게 뭔데요?"

"아휴 속 터져. 너 이래서 탐정은 어떻게 하니?"

"저 그래서 폐업하려고요."

"진짜?"

맹탐정이 고개를 끄덕였다.

"에이, 내가 한마디 했다고 뭘 폐업까지. 그런 뜻이 아니라……."

"아니요, 아줌마 때문이 아니라 제 개인적인 일 때문이에요."

"무슨 일인데?"

"그냥, 탐정이란 게 진짜 직업이 될 수도 없잖아요. 너무 어린애 같은 짓이라는 생각이 들어서요. 벌써 열네 살인데 언제까지 이러고 다니겠어요."

"셜록 홈스처럼 되고 싶다며?"

"그럴 수 없다는 거 아시잖아요. 다들 저 위해서 탐정이라고 불러 주신 거 알아요. 예전에는 그 말을 들을 때면 어깨가 으쓱해지고 기뻤는데, 이젠 뭔가 놀리는 것 같아서 기분이 좋지만은 않아요."

"나는 그런 뜻으로……,"

"어!"

이 집사가 말하는 순간 맹탐정은 자기도 모르게 소리를 질렀다. 컴퓨터에 저장된 문서들을 살피다가 어떤 폴더를 클릭했는데 비밀번호 설정이 되어 있었다.

"왜 왜 왜?"

"이거 보세요. 다른 건 다 열어 볼 수 있게 되어 있죠? 근데 이 폴더는 바탕화면에서 바로 찾을 수도 없게 꽁꽁 숨겨져 있고, 게다가 어찌어찌 찾아 들어간다고 해도 비밀번호가 설정되어 있어서 열 수가 없어요. 이거예요, 이거! 용우의 비밀이요!"

맹탐정이 확신에 차서 말했다.

"너 진짜 탐정 같다! 아니, 이건 놀리는 거 아니라 진심이야. 오해하지 마."

맹탐정이 입술 끝을 올리면서 웃었다. 아무리 우울하고 무기력해도, 그 정도 구별은 할 줄 안다.

"용우 생일이 언제죠?"

"5월 9일. 안 되지? 생일이나 뭐 그런 걸로는 안 해 놨을 거야."

"그럼 어떻게 풀죠?"

"애 아빠가 용우에 대해서는 더 잘 아니까 내가 이따가 물어볼게. 저녁 먹고 갈래?"

"아니요. 제가 여기 왔다는 거 용우에게는 비밀로 해 주세요."

맹탐정이 인사를 하고 밖으로 나왔다. 집으로 걸어가는데 핸드폰이 울렸다. 엄마에게서 온 전화였다.

"어딜 그렇게 돌아다녀?"

"지금 집에 가고 있어."

"네 본업이 탐정이야 학생이야? 학생이면 학생답게……,"

"알았어, 탐정 이제 그만둘 거야."

"또 극단적으로 말한다. 내 말은 적당히……,"

"아빠랑은 연락해?"

"그건 왜?"

"아빠 정말 싫어. 차라리 다시 온다는 말은 하지 말고 떠나지. 진짜 다 자기 멋대로야. 앞으로 절대 우리 집 근처에 얼씬도 하지 말라고 해. 나는 세상에서 아빠가 제일 싫고 그다음이 엄마야."

"나? 나는 왜?"

엄마가 다급하게 말했다.

맹탐정은 전화를 끊었다. 집으로 가려다 기분이 상해 들어가지 않았다. 맹탐정은 멀리 있는 바다를 보면서 걷고 또 걸었다. 큰 나무와 아파트, 모텔과 빌라 때문에 잘 보이지는 않았지만 건물과 건물들 사이에 문득 문득 바다가 보였다. 나 여깄어, 하듯이.

엄마에게서 계속 전화가 왔지만 받지 않았다. 얼른 여기를 떠나고 싶다고 생각하자, 갑자기 언니가 보고 싶어졌다. 언니는 지금 뭘 하고 있을까? 수업이 끝나고 학원을 갔을까 아니면 컴컴한 집에 혼자 들어가 있을까? 맹탐정의 마음은 비바람이 몰아치는 날의 바다처럼 출렁였다.

만약 이곳을 떠난다면 나는 이곳을 그리워할까? 맹탐정은 먼 훗날의 자신의 모습을 머릿속으로 그려 봤다. 나이 든 맹탐정의 모습을. 외계인보다 더 상상하기 힘들었다. 그건 마치 할머니의 아기 때 모습을 상상하는 것과 비슷했다. 결국 지금의 할머니 모습에 맹탐정의 얼굴을 덧붙이는 걸로 대체했다. 어쨌든 같은 핏줄이니 비슷하지 않을까. 만약 이곳이 그리워지더라도 절대 그리워하지 말자고 다짐했다. 그럼 이곳을 싫어하는 지금의 나에게 미안한 일이니까.

- 승지야. 용우 아빠가 거기 뭐가 들어 있는지 알 것 같다고 그냥 비밀로 묻어 두자고 하네.

이 집사에게 문자가 와 있었다.

- 뭐가 들었는데요?

맹탐정이 다시 문자를 보내자 이 집사에게 전화가 걸려 왔다.

"집이니?"

"아니요. 산책 중이에요."

"오늘 밤에 태풍 온다니까 얼른 들어가."

"네. 근데 뭐가 든 건데요?"

"그게 있잖아……."

이 집사가 말을 얼버무렸다.

"이걸 어떻게 설명해야 하나. 어쨌든 남자애들 사춘기에 다 한 번쯤은……,"

"그러니까 그게 뭔데요?"

"에휴, 내 입으로는 말 못 하겠다. 네 아빠한테 물어봐."

"아빠요?"

"아니 아니, 그게 아니라. 에휴, 내가 이런다. 이해하지?"

솔직히 하나도 이해할 수 없었지만 14년의 세월을 살면서 체득

한 삶의 지혜에 따라 이해한다고 말하고 전화를 끊었다. 이어 엄마에게 전화가 걸려 왔는데 받지 않았다. 대신 재빨리 집으로 걸어갔다.

엄마는 맹탐정과 눈도 마주치지 않았다. 할머니만 어서 밥을 먹으라고 했다. 식탁을 힐끗 보니 맹탐정이 그나마 좋아하는 조기가 올라와 있었다. 분명 할머니가 해 놨을 것이다. 엄마는 놔두세요, 먹든 말든 알아서 하겠죠, 뭐가 예쁘다고, 이랬겠지.

맹탐정은 방에 들어가 맹탐정 노트를 펼쳤다.

남자애들이 사춘기에 다 한번쯤 겪는 일

아줌마 입으로는 직접 못 하는 말, 아빠에게 물어봐라?

아빠에게 물어볼 일이라는 게 뭘까? 아빠가 없다면 누구에게 물어봐야 할까.

"밥 안 먹을 거야?"

엄마가 방문을 확 열었다.

"배 안 고파."

"너 나중에 나는 왜 키가 땅콩만 하냐, 나도 모델 언니들처럼 키 크고 싶다, 다 엄마 때문이다, 이런 말 하기만 해."

“왜 내가 하지도 않은 말 가지고 뭐라고 그래? 그리고 나 지금 우리 반에서 제일 크거든? 엄마는 나에 대해서 아는 게 뭐야? 내가 미우니까 키까지 작아 보이고 그래? 그래서 엄마는 공정하지 못하다는 거야! 엄마 원망 안 할 테니까 문 닫고 나가.”

“도대체 왜 그러는데?”

“엄마는 아빠 쫓아내니까 좋아?”

“내가 쫓아내? 자기 발로 자기가 나간 걸 나보고 어쩌라고.”

“아빠는 지키지도 못할 약속 왜 하냐고! 곧 돌아온다는 말은 왜 하냐고! 그냥 작년처럼 말없이 떠났으면 됐잖아! 왜 온다고 하냐고! 그건 날 기만하는 거야! 나를 없는 사람 취급하는 거라고! 아빠는 거짓말쟁이에 인생 실패자야!”

“지금 뭐라고 했어?”

엄마가 낮은 목소리로 물었다.

“인생 실패자라고 했어. 왜? 내 말이 틀려?”

맹탐정도 지지 않고 엄마를 노려봤다. 그래도 분이 풀리지 않았다. 자꾸 눈물이 날 것 같아 입술을 꼭 깨물고 눈에 힘을 팍 줬다. 절대 울지 않으리라! 다짐하고 다짐했지만 머리와 몸은 따로 놀았다. 의지와 달리 자꾸 눈물이 나자 모든 걸 내려놓고 펑펑 울고 싶었다. 그게 엄마 앞일지라도.

엄마가 다가와서 맹탐정을 안았다. 맹탐정은 엄마를 밀어내지 않고 그대로 안겨 울었다. 꺼억꺼억 숨이 넘어갈 듯 눈물이 쏟아졌다. 서럽고 서러웠다. 세상에 태어났을 때처럼 서러웠다. 누군가는 그때를 기억한다고 하면 거짓말이라고 하겠지만 맹탐정은 분명하게 기억했다.

그때 정말 서러웠다. 따뜻한 곳에서 열 달 동안 생활하다가 갑자기 누군가가 맹탐정의 정수리를 손가락으로 마구 찔렀다. 안 그래도 자꾸 몸이 아래로 내려가서 힘든 참인데 왜 자꾸 머리를 찌르는지. 너무 짜증 나 그냥 밖으로 나가 버렸다. 그런데 너무 추웠다. 다들 옷을 입고 있는데 나만 발가벗고 있었다. 창피하기도 하고 춥기도 해서 악을 쓰며 울었다. 그때의 기억이 지금 다시 되살아난 것이다.

누군가 맹탐정의 머리를 콕콕 찔러서 자꾸 밖으로 불러내려고 한다. 지금 살고 있는 아늑한 세계에서 거친 세계로. 용우가 폴더에 감춰 놓은 비밀처럼, 아빠에게 물어봐야만 알 수 있는 비밀처럼 알 수 없는 세계로.

엄마는 맹탐정의 등을 쓰다듬어 주고 할머니는 문 앞에 서서 맹탐정과 엄마를 보고 있다. 할머니와 엄마가 있는데도 왜 이 공허함은 채워지지 않을까.

서럽고 서러워서 그냥 나가 버리는 수밖에 없겠다. 아무에게도 질문하지 않아도 되는 세계로. 아빠가 필요하지 않은 세계로. 자궁 밖으로 나갔을 때완 달리 울지 않을 것이다. 맹탐정은 결연히 눈물을 멈추고 엄마와 할머니를 바라봤다. 이미 맹탐정이 겪은 세계를 통과한 사람의 얼굴을 하고 있었다. 아빠에게서는 볼 수 없는 얼굴이었다.

"네 아빠 돌아올 거야. 다른 건 몰라도 약속은 지키는 사람이야."

"상관없어. 진짜야. 방금 상관없어졌어. 배고파."

맹탐정은 엄마를 살짝 밀쳐 내고 식탁으로 갔다. 미리 퍼 놓은 밥은 어느새 식어 있었다. 식은 밥에 식은 조기를 얹어 입에 넣었다. 짠맛이 혀에 닿자 허기가 몰려왔다. 모든 걸 집어 삼킬 것 같은 허기가.

"용우가 컴퓨터 폴더에 비밀번호를 걸어 놨어. 용우 아빠는 그게 뭔지 안대. 아줌마는 처음에는 몰랐는데 이제 알고. 용우는 아줌마가 그걸 안다는 걸 알았지만, 용우가 알았다는 걸 아줌마가 몰랐으면 하고. 어, 그럼 아줌마가 처음에 본 게 뭐지?"

맹탐정은 뭔가 이상하다는 걸 깨달았다. 아줌마는 분명 비밀번호를 몰랐다. 그렇다! 아줌마는 아무것도 보지 않았다. 괜히 제 발 저린 용우가 아줌마가 그걸 봤다고 생각한 것이다.

"난 뭔지 알 것 같은데."

엄마가 식탁에 물컵을 내려놓으면서 말했다.

"뭔데?"

"용우 인권을 위해서 말 안 할래."

"나도 알거든."

맹탐정은 그렇게 말하고 밥을 먹었다. 조기는 역시 식어서 꾸덕꾸덕해진 게 최고였다. 선잠을 자던 맹똘이가 깨서 거실로 나왔다. 엄마는 맹똘이에게 가서 맹똘이의 정수리 냄새를 맡았다. 역시 좋아, 라는 말을 덧붙인 것 같은데 주의 깊게 듣지 않았다.

"할머니, 조기 맛있어요."

"네 엄마가 한 거야."

"그냥 먹을 만하네요."

맹탐정의 말에 할머니가 살짝 웃었다.

"할머니, 할머니가 아빠 키울 때, 그러니까 아빠가 중학교 1학년 일 때 컴퓨터에 뭐 비밀폴더 만들어 놓은 적 없어요?"

"비밀폴더? 컴퓨터? 그때는 컴퓨터가 어디 있어. 그게 벌써 30년 전인가?"

맹탐정이 고개를 끄덕였다.

"비밀폴더는 없어도 비밀상자는 있었지."

"진짜요? 거기에 뭐가 들어 있었어요?"

"뻔하지, 뭐."

"뭔데요?"

"반에 좋아하던 여자애 사진. 이름이 수진이였던가?"

"그럼 용우도?"

맹탐정이 빽 소리를 질렀다. 그러자 거실에 있던 맹똘이와 엄마까지 맹탐정을 쳐다봤다. 이제야 비밀폴더 속 내용들이 뭔지 알 것 같았다. 이 집사의 말뜻도. 엄마한테 들킨 게 창피하지만, 자신이 안다는 걸 엄마는 몰랐으면 좋겠다고 한 용우의 마음도.

용우는…… 좋아하는 여자가 있는 것이다. 그게 누굴까? 설마 나는 아니겠지? 싫다, 정말 싫다. 내일부터 용우랑 단 한 마디도 하지 않을 거야! 맹탐정은 다짐하고 다짐했다. 그러고 보니 아빠가 전화를 안 받은 게 다행이었다. 아빠에게 물어봤다가 괜히 어색해질 뻔했다.

"야, 맹탐정! 오늘 뭐 해? 가게에 할머니만 계셔? 아이스커피 마시러 갈까?"

용우는 뭔가 안심했는지 꽤 신이 나 보였다.

"됐거든! 나한테 말 시키지 마."

맹탐정이 돌아서자 뒤에서 용우가 "왜 또 저래? 너 혹시…… 아니다, 아니야." 하고 말았다.

"너 근데 비밀번호 바꿔야겠더라!"

"뭐?"

"컴퓨터 폴더 비밀번호."

"무슨 말이야?"

용우의 얼굴이 갑자기 사색이 됐다. 뭔가를 골똘히 생각하는 표정, 아니 아무것도 생각하지 못하는 진공상태가 된 듯했다. 1111로 하는 게 아니었는데, 라고 중얼거리는 소리가 언뜻 들려왔다.

용우의 비밀번호는 자신의 생일도, 부모님의 결혼기념일도 아닌 1111이었던 것이다. 맹탐정은 어이가 없어서 풋 웃었다. 그렇게 쉬운 번호였다니, 어쩐지 자신의 인생 같아서 허무해져 버렸다. 용우가 한쪽 다리를 떨며 손톱을 물어뜯기 시작했다.

"너 왜 그래?"

"뭐?"

용우가 버럭하더니 이내 고개를 숙였다. 그때 불현듯 맹탐정 안에 있는 탐정 본능이 꿈틀꿈틀 살아났다. 거기 정말 비밀이 있다. 그리고 용우의 아빠와 엄마도 지레짐작한 것뿐이고 그 안에 무엇이 있는지 보지 못했다.

지금부터는 달리기다. 용우보다 먼저 그 집으로 달려가야 한다. 맹탐정은 용우가 계속 손톱을 뜯고 있는 것을 확인하고는 인사도 하지 않고 달려갔다. 흘낏 뒤돌아보자 용우는 맹탐정이 사라진 것도 모른 채 자기 자신에게 몰두해 있었다.

맹탐정은 무작정 용우네 집으로 가서 문을 두드렸다. 이 집사가 "무슨 일이야?" 하면서 문을 열어 줬다. 맹탐정은 잠시 고민하다가 "어, 어제 뭐를 놓고 가서요."라고 말했다. 의아한 표정이었던 이 집사는 이내 어이없다는 표정으로 바뀌었다.

"탐정이 그렇게 칠칠치 못해서 되겠어?"

맹탐정은 "그러게요." 하고는 용우 방으로 뛰어 들어갔다. 용우가 이 상황을 눈치채는 데는 채 몇 분 걸리지 않을 것이다. 그 안에 찾아내야 해! 이 집사가 "뭐 좀 마실래?" 하고 물었다. 맹탐정은 시간을 벌 요량으로 "토마토주스요!" 하고 외쳤다. 이 집사가 뭐라고 하는 소리가 들렸지만 맹탐정은 컴퓨터가 켜지는 걸 바라보느라 정신이 없었다.

"왜 이렇게 느려."

시간이란 정말 상대적이다. 여태껏 한 번도 컴퓨터가 느리다고 생각해 본 적이 없는데 지금은 정말 컴퓨터 전원을 켜고 모니터에 바탕화면이 나타나기까지 마치 오랜 세월이 걸리는 듯했다. 지구에서 우주로, 우주에서 지구로 오는 시간.

드디어 화면이 커졌고 동산이 나타났다.

맹탐정은 재빨리 용우의 비밀폴더를 찾아 들어가 비밀번호를 눌렀다. 1111. 그러자 폴더가 열리고 거기에 사진이 있었다. 맹탐정은 급하게 입을 틀어막았다. 맹탐정도 아까 용우처럼 진공상태에 들어간 것 같았다. 아무 생각도 나지 않았고 할 수도 없었다. 진공

상태의 맹탐정을 깨운 건 방문 소리였다.

방문이 삐이익 열리고 용우가 서 있었다.

맹탐정은 손으로 입을 막은 채 용우를 바라봤다. 용우의 얼굴에 세상이 끝난 듯한 절망감이 들어 있었다. 아니면 허무함인가. 그것도 아니면 될 대로 되라는 자포자기일까. 자세히 보니 어떤 안도감도 들어 있는 것 같았다. 속이 시원하다, 하는 느낌? 아니 더 자세히 보니 슬픔이 묻어 있었다. 거기에 더해 누군가 내 마음을 알아줬으면 하는 외로움까지.

맹탐정은 머리가 좋지 않아 탐정 일에는 번번이 헛다리를 짚었고 이제는 남의 고민 해결이나 해 주는 처지였지만 누군가의 슬픔을 읽는 데는 탁월한 면이 있었다. 많이 놀랐지만, 놀란 척을 하면 안 된다는 생각이 들었고 티를 내지 않기 위해 노력했다. 그러나 세상에는 노력해도 안 되는 일이 대부분이다.

맹탐정은 그대로 용우를 밀치고 밖으로 나갔다. 와중에 이 집사에게는 "물건 찾았어요."라고 말하는 걸 잊지 않았다. "토마토주스는?" 하는 소리가 아득하게 들려왔다.

맹탐정은 멍한 상태로 뛰었다. 세상에 대해 안다고 생각했는데 하나도 알지 못했다. 용우가 혼자서 감당해야 했던 비밀은 맹탐정이 상상했던 것과는 달랐다. 용우의 부모님도, 엄마와 할머니도 그 비밀을 상상하지 못했다. 타인에 대한 상상은 항상 실패로 끝난다. 그걸 인정하는 게 다음 단계로 나아갈 수 있는 인생의 첫 번째 규칙 아닐까, 하고 맹탐정은 생각했다.

뛰다 보니 맹탐정의 다리가 가장 많이 갔던 곳, 맹탐정의 다리가 가장 잘 아는 곳인 맹탐정의 집 앞이었다. 그리고 거기에 아빠가 서 있었다.

당혹스러운 일은 연달아 일어난다.

맹탐정이 헉헉 숨을 몰아쉬자 아빠가 "무슨 일 있었니?" 하고 물었다. 맹탐정은 고개를 저었다. 몸을 반쯤 숙인 맹탐정의 눈에 아빠 손에 들린 큰 가방이 눈에 들어왔다.

맹탐정이 몸을 일으키자 아빠가 "늦었지?" 했다. 맹탐정은 대답하지 않았다.

"사정이 있었어."

이번에도 대답하지 않았다.

"인도에 갔었어."

"……거짓말. 말도 안 돼."

"진짜야. 내가 왜 거짓말을 하겠어."

"자아 찾으러요?"

아빠가 고개를 끄덕였다.

"바보 아니에요? 여기서 못 찾으면 거기서도 못 찾는 거예요. 그걸 정말 아직도 모르세요?"

"아니야, 찾았어."

"뭐라고요?"

맹탐정은 자신의 귀를 의심했다.

인도에서 자아를 찾았다니, 아빠는 미친 게 아닐까. 자아를 잃어버렸다고 했을 때는 그래도 정상으로 보였다. 사람들은 많은 걸 잃어버리고 사니까.

"아빠, 기분 나쁘게 듣지 마세요. 아빠 혹시 정신이 이상한 건 아니죠?"

아빠가 어깨를 으쓱하더니 "내가 왜 너한테 거짓말을 하겠어. 정말 찾았어. 찾아서 데리고 오느라 시간이 걸렸어. 정말이야." 했다.

아빠는 그러면서 자신의 앞에 놓인 트렁크를 가리켰다.

"여기 있어."

인도에서 찾은 자아가 가방에 들었다니. 그러나 아빠의 표정은 진지했다. 도저히 거짓말이나 장난으로 볼 수 없었다. 그토록 찾아 헤매던 자아를 인도에서 찾아왔다는 아빠의 말과 오늘 용우의 비밀폴더에서 본 사진, 둘 다 믿기지 않았지만 믿어야만 한다.

"아빠, 비밀 지켜 줄 수 있어요?"

아빠가 어리둥절한 표정으로 맹탐정을 바라봤다.

"말할 사람도 없어."

아빠의 말은 사실이었다.

"남자인데 비밀폴더에 여자 사진이 아니라 남자 사진만 모을 수도 있어요? 아니 아니 아니, 남자 사진만 모은다는 건 정상이 아니죠?"

"뭐라고?"

"남자인데 남자 사진을 모은다는 건 정상이 아니죠?"

아빠는 입을 꾹 다문 채 잠시 그대로 있었다.

"정상인 게 뭔지는 모르겠지만 남자가 좋은 게 아닐까?"

"남자인데 남자가 좋다고요?"

아빠는 고개를 끄덕였다.

세상에! 맹탐정은 이해할 수 없었다. 남자는 여자를 좋아하고, 여자는 남자를 좋아하는 게 정상이라고 배웠는데. 그렇다면 용우는 비정상인 걸까? 아니다. 용우는 정상이다. 용우는 이상하지 않아. 내가 아는 용우는 그래. 그건 내가 잘 알아. 맹탐정은 스스로에게 다짐하듯 말했다.

"이해할 수 없지?"

맹탐정은 솔직하게 고개를 끄덕였다.

"정상이란 게 뭐냐?"

아빠가 되물었다.

"여자가 남자를 좋아하고 남자가 여자를 좋아하는 게 정상이니?"

맹탐정은 고개를 끄덕였다. 여태껏 그게 정상인 줄 알았다.

"너는 네가 좋다고 느끼는 사람 좋아하면서, 걔는 정상적으로 보이려고 좋다고 느끼는 사람을 좋아하지도 못하냐?"

아빠가 그렇게 말하고는 자아가 들었다는 트렁크를 질질 끌었다. 저렇게 막 끌고 다니다가는 얼마 지나지 않아 자아가 멍들고 다칠 거라는 생각이 들었다. 퉁퉁거리는 트렁크를 멍하니 바라보는데, 아빠의 말 뒤에 빠진 질문이 있다는 생각이 들었다.

……과연 그게 공정한 걸까?

나는 내가 좋다고 느끼는 사람을 좋아하면서, 용우에게는 그러지 말라고 하는 게 과연 공정한 것일까? 단연 아니었다.

맹탐정이 고개를 숙인 채 서 있는데 누군가 걸어오는 소리가 들렸다. 맹탐정이 고개를 들자 용우가 보였다.

용우가 천천히 걸어 맹탐정 앞에 섰다. 맹탐정은 도저히 용우를 쳐다볼 용기가 나지 않아 고개를 숙였다. 그러다 용우의 눈이 궁금해 조금씩 고개를 들었다. 용우는 맹탐정과 눈이 마주치자 눈을 돌렸다.

살짝 스친 눈에 불안감이 엿보였다. 마음을 졸였을까?

"말할 거야?"

"뭘?"

"네가 본 거."

"내가 뭘 봤는데."

"모른 척하지 마."

맹탐정은 얼른 "알았어."라고 했다. 빠르게 인정하는 건 맹탐정이 늘 견지하는 삶의 태도였다.

"걔 좋아해?"

"……모르겠어."

"너도 몰라? 네 마음인데?"

용우가 고개를 끄덕였다.

"……그냥 그 사진이 좋았어."

"하긴 나도 인터넷 하다가 강다니엘 나오면 저장해. 너도 그런 거야?"

용우가 잠시 생각하다가 "아마도."라고 말했다.

"강다니엘은 내 거야."

용우가 피식 웃었다. 오늘 처음 보는 웃음이었다. 용우가 웃으니 맹탐정도 기뻤다.

"나는 내가 좋아한다고 느끼는 사람 좋아하면서 너한테는 좋아하는 사람 좋아하지 말라고 하는 게 공정한 일은 아니지."

"좀 짧게 말해."

"나는 너한테 공정하고 싶다고."

"나 있잖아, 네가 처음 공정이란 말을 했을 땐, 좀 이상한 애라고 생각했어."

"지금은?"

용우가 수줍게 웃으며 "좋다고."라고 말했다. 용우의 미소가 참 예뻤다.

"……나도 아직 내 마음을 잘 모르겠어."

"레드벨벳 안 좋아?"

용우가 천천히 고개를 끄덕였다.

"……사진을 저장할 정도는,"

"아니라고?"

용우가 이번에도 고개를 끄덕였다.

맹탐정은 사진을 저장하는 마음과 저장하지 않는 마음 사이에는 어떤 게 있는지 잘 모르겠다고 생각했지만, 용우가 이상하다는 생각을 하기 전에 딱 하나만 생각하기로 결심했다.

과연 그게 공정한 걸까? 그래, 이 질문이면 충분하다.

용우에게 인사하고 집으로 올라가려는데 뭔가 이상하다는 생각이 들었다.

"근데 처음에 아줌마가 알고 있다는 걸 네가 안다는 걸 아줌마가 몰랐으면 했잖아. 그게 잘 이해가 안 가."

용우가 입술을 침을 묻히고 말했다.

"엄마가 전화 통화하는 걸 우연히 들었어. 다른 집 애들은 이성에 관심 갖기 시작했다는데 우리 애는 도통 관심이 없다고."

"그래서 일부러?"

용우가 고개를 끄덕였다.

"일부러 여자 연예인 엽서 사서 침대에 뒀어. 엄마가 쉽게 볼 수 있게. 그래서 너한테 처음 문자가 왔을 때 그걸 본 거구나 싶었어."

"그럼 일부러 보라고 해 놓고는 나한텐 연기한 거야?"

용우가 입술을 깨물며 고개를 끄덕였다.

"엄마가 너한테 고민 의뢰를 할 줄은 꿈에도 몰랐어."

"나만 바보처럼 이리저리 뛰어다녔네. 근데 왜 그렇게까지 했어? 그럴 필요까지는 없었잖아."

"……무서웠어."

뭐가? 라고 물으려다 용우의 얼굴을 보고 입을 다물었다. 남자 사진을 저장하는 용우의 마음은 잘 모르지만, 용우가 얼마나 힘들었을지는 알 수 있었다. 무서움이란 감정은 맹탐정도 종종 느껴 본 적이 있으니까.

"가 볼게."

용우에게 손을 흔들고 돌아섰다. 계단을 올라가려다 뒤를 돌아보니 용우가 맹탐정의 등 뒤로 여전히 손을 흔들고 있었다.

모두에게 다정한 사람. 용우는 좋은 친구다. 맹탐정은 다시 한 번 손을 흔들었다.

아직 집에는 아무도 없었다. 엄마와 할머니는 카페에, 맹똘이는 태권도 학원에, 언니는 정주시의 컴컴한 집에 있었다. 그때 아빠가 욕실에서 나왔다.

아빠가 있었지만 아무도 없는 것 같았다. 아빠는 마치 열외같이 느껴졌다. 가족 구성원이 아니라 거기에 딸린 부스러기처럼.

"좀 씻었어, 땀이 너무 나서."

러닝 차림에 통이 넓은 반바지를 입고 서 있는 아빠를 바라봤다. 예전엔 얼굴은 하얗고 팔다리는 가늘고 배만 볼록 나왔었는데, 지금은 몸이 좀 다부져진 느낌이었다. 러닝을 경계로 새까만 피부와 흰 피부가 나뉘어 있었다. 새까만 피부는 노동의 증거였다. 생활비의 증거였고 인도에서 찾았다는 자아의 증거이기도 했다.

어쩐지 아빠의 새까만 피부가 좋았다.

"아빠, 축하해요."

맹탐정은 아까 용우와 헤어져 들어오면서 아빠를 보면 축하한다는 말을 꼭 해 줘야겠다고 생각했다. 자아를 찾아서가 아니라 자아를 찾았다고 거짓말을 할 줄 아는 어른이 된 것을.

"고마워."

아빠가 맹탐정에게 손을 내밀었다. 맹탐정은 손을 잡는 대신에 팔을 뒤로 젖혀 기지개를 폈다. 활짝 열린 베란다를 통해 바람이 맹탐정의 머리부터 발끝까지 닿았다. 정말 여름이 시작되었다. 초여름이 아니라 진짜 여름이.

"아빠, 밥은요?"

"그러게, 뭐 먹지?"

아빠는 이렇게 말하고 부엌으로 어슬렁 걸어갔다. 그 모습을 보자 이제 정말 아빠와 같이 살게 됐다는 게 실감 났다. 가족이 다시 같이 살게 된 건 햇수로는 8년 만이다. 문득, 가족이 다 모여 사는 게 꼭 좋은 것일까 하는 의문이 들었다. 할머니는 좋아하시겠지. 그럼, 그걸로 됐다.

맹탐정은 부엌으로 가서 밥솥을 열었다.

"밥이 한 그릇밖에 없어요."

"짜장면 시켜 먹을까?"

"아빠 돈 있어요?"

아빠가 고개를 끄덕였다.

"탕수육 시켜 먹을 돈도 있어."

"깐쇼새우는?"

"어, 그건 안 될 것 같다."

아빠가 마치 세상에서 제일 재밌는 유머라도 구사한 사람처럼 의기양양하게 웃었다. 아빠가 찾았다는 자아는 아무래도 이상한 것 같다. 나하고는 안 맞는다고, 맹탐정은 생각했다.

그때 현관문이 열리고 엄마와 할머니가 들어오는 소리가 들렸다. 맹탐정은 짜장면은 틀렸다고 생각하며, 차선책으로 살짝 식은 조기라도 먹었으면 좋겠다고 바랐다.

뭔가 먹고 싶었다.

달그락달그락 내 인생

당분간 휴업

맹탐정 고민 상담소 명함 뒤에 당분간 휴업이라고 써 붙였다. 엄마 말로는 네가 사무실을 차린 게 아니니 휴업이 아니라 휴식이라고 해야 하는 거 아니냐고 했지만 상관없었다.

이제 곧 여름방학이다. 당분간 많이 걷고 많이 먹고 많이 자고 싶다. 휴업 기간은 내 마음대로다. 두 달이 될 수도 있고 1년이 될 수도 있고 평생이 될 수도 있다. 아니면 미스 마플처럼 할머니가 돼서야 탐정 일을 다시 시작할 수도 있고. 시기는 중요하지 않다. 중요한 건 내 마음이다. 내 마음속 파도를 가라앉히는 일, 그게 나에겐 시급한 일이다.

용우는 수영을 시작했다. 수영 수업이 끝나면 종종 카페에 와 아이스아메리카노를 마시고 간다. 그럼 나도 그 옆에서 아이스아메리카노를 마신다. 물론, 엄마가 없을 때만. 서로 아무 말도 하지 않는다. 그래도 어색하지 않다.

아, 용우가 그 말은 했었다. 네가 공정한 아이라서 다행이라고. 그 말을 듣고 나는 잠시 부끄럽고 많이 자랑스러웠다. 언제까지나 나 자신에게 자랑스럽고 싶다는 다짐도 했더랬다.

아빠는 산이군에서 일을 시작했다. 할머니는 아빠가 서울대 갔을 때보다 더 좋다고 하셨다. "그땐 명문대생이 된 거지만, 지금은 사람이 됐잖어."라고 하시면서. 나는 이런 말을 할 줄 아는 할머니를 세상에서 가장 사랑한다.

맹똘이는 아빠와 축구할 때가 가장 좋다고 했다. 그건 아빠는 골키퍼, 자기는 공격수라서 그렇다. 열 번 차면 열 번 다 골을 넣는데 재미가 없을 수가! 축구를 할 때마다 아빠의 얼굴에서 물기가 사라지는 것 같은데 제발 나의 착각이었으면 좋겠다.

용우 아줌마에게 셜록 뮤지컬 티켓 대신 근사한 레스토랑 식사권을 달라고 했다. 나이프로 고기를 썰어 먹고 직접 피아노를 연주해 주는 곳. 보타이를 맨 웨이터가 우아하게 와인을 따라 주는 곳. 아줌마는 군말 없이 알겠다고 했다. 나는 그 티켓을 엄마와 아빠에게 각각 드렸는데 엄마는 그걸 언니에게, 아빠는 할머니에게 주는 바람에 근사한 레스토랑에서 언니와 할머니가 마주보고 앉아 고기를 썰었다고 한다. 처음엔 속이 상했지만 둘 다 내가 좋아하는 사람이라 이내 괜찮아졌다. 만약 엄마가 맹똘이에게 양보했다면 절대 참지 못했을 것이다.

엄마는 내 말수가 적어져서 걱정이라고 했다. 그러나 우리 가족에겐 그보다 더 큰 걱정거리가 생겼다. 맹승옥! 우리 집의 기둥, 우리 집의 수재, 우리 집의 효녀인 언니가 갑자기 고등학교를 그만두겠다는 폭탄 선언을 했기 때문이다.

그러고 보니 하루도 마음 편할 날이 없다. 인생은 멀리서 보면 잔잔해 보이지만 가까이서 보면 끊임없이 파도가 치는 바다와 닮았다. 나도 남들에게는 그저 평범한 중학교 1학년처럼 보이겠지만, 실은 매일 머리가 터질 것 같고 속이 뒤집어질 것 같다. 밀물 때문인 것 같기도 하고 썰물 때문인 것 같기도 하고 누가 버린 저 사이다 캔 때문인 것 같기도 하다.

자꾸 달그락달그락 바닷물을 먹었다 뱉었다 난리도 아니다. 귀가 아플 지경이다. 야야! 조용히 좀 하라고! 아무래도 저 사이다 캔, 죽을 때까지 따라다닐 것 같다. 시끄럽다, 내 인생!

작가의 말을 쓰기 전 첫 책인 『창밖의 아이들』을 다시 펼쳤다. 작가의 말을 읽는 내내 쥐구멍이라도 있으면 들어가고 싶은 심정이었다. 다작하는 작가가 되고 싶다는 '출사표'를 던진다, 라고 적혀 있었다. 출사표라니……. 아하. 정말 난 그때 열정이 가득했구나. 난 유노윤호였구나. 떠올리는 것만으로도 얼굴이 벌겋게 달아오른다.

(창피함과 놀림을 두려워하지 않고) 출사표까지 던졌음에도, 나는 다작하지 못했다. 임신을 하고 출산하고 육아를 하는 사이 두 번째 장편소설에 대해 생각할 시간도, 여유도 없었다. 혹시라도 시간이 나면 잠자기 바빴다. 현실 앞에 꿈이란 무용지물이었다. 그러던 어느 날 지금 쓰지 않으면 앞으로 영영 글을 쓰지 못할 것 같다는 두려움이 엄습했다. 그 두려움은 꽤 구체적이어서 자다가 벌떡 일어날 정도였다.

지금 생각해 보면 누군가 나를 이선주가 아닌 성모 엄마, 라고 부르면서부터 두려움의 씨앗이 자라나기 시작했던 것 같다. 서른 몇 해를 이선주로 살아왔는데, 아이를 낳고 나서는 누구의 엄마라는 역할로만 존재했다. 실제로도 아이를 먹이고 씻기고 재우는 데 내 모든 시간을 썼으니 틀린 말도 아니었다.

그 사실을 깨닫고는, 쓰기 시작했다. 소설 속 자아를 찾아 떠난 아빠처럼, 자아를 이제 막 찾기 시작한 맹승지와 인혜처럼 말이다. 여전히 자아를 찾지는 못했지만, 적어도 쓰는 동안에는 자아가 내 옆에 있는 것만 같아 든든하고 뿌듯했다.

아이를 재우고 늦은 밤 컴퓨터 앞에 앉아 한 자 한 자 써 내려간 소설이 편집자의 모니터에서 디자이너의 책상으로, 인쇄소의 기계에서 서점의 매대로 흘러 다니다 당신의 손에 닿았다고 생각하니, 마치 공간이동 마법을 본 것처럼 신기하게 느껴진다. 부디,

당신의 시간에 누가 되지 않았기를 바란다.

더 길게 쓰고 싶지만, 다음번 작가의 말을 쓸 때 읽어 보고 뒷목 잡을 일이 없도록 이쯤에서 그만두려 한다. 앞에 열정이란 말 대신 유노윤호라는 표현을 썼다. 이 말 또한 몇 년 후에는 아무도 쓰지 않을지도 모르겠다. 흘러가는 시간 속에서 언어를 잡아다가 소설을 쓰는 일이 무용하다고 느껴지지만, 그런들 어떨까.

나는 쓰고, 당신은 읽는다.

당신은 생각하고, 나는 당신의 생각을, 마음을 읽으려고 애쓴다.

실패할 수밖에 없지만, 끝끝내 실패하더라도 할 수밖에 없는 이 작업을 사랑한다.

땡볕이 쨍쨍 내리쬐다 못해 1분만 서 있어도 땀이 주르륵 흐르던 8월의 어느 날, 내가 보낸 원고를 읽고 출간을 제안해 준 편집부에게 진심으로 감사하다는 말을 전하고 싶다. 정말 기뻤고, 두고두고 용기가 되었다.

다정한 남편과 사랑하는 성모, 엄마와 아빠, 시부모님, 언니와 동생에게도 감사의 인사를 전한다. 감사할 사람이 있다는 게 얼마나 고마운 일인지, 새삼 느낀다.

그럼 다들 언제나 안녕하기를.

가을의 초입에서

이선주

맹탐정 고민 상담소

초판인쇄 2019년 9월 18일 | 초판발행 2019년 9월 26일
지은이 이선주 | 펴낸이 염현숙
책임편집 엄희정 | 편집 곽수빈 원선화 이복희 | 디자인 이지인
마케팅 정민호 박보람 나해진 최원석 우상욱 | 홍보 김희숙 김상만 오혜림
제작 강신은 김동욱 임현식 | 제작처 더블비(인쇄) 중앙제책사(제본)
펴낸곳 (주)문학동네 | 출판등록 1993년 10월 22일 제406-2003-000045호
주소 10881 경기도 파주시 회동길 210
전자우편 kids@munhak.com | 홈페이지 www.munhak.com
카페 cafe.naver.com/mhdn | 페이스북 facebook.com/kidsmunhak
트위터 @kidsmunhak | 북클럽 bookclubmunhak.com
대표전화 (031)955-8888 | 팩스 (031)955-8855
문의전화 (031)955-8890(마케팅) (02)3144-3236(편집)

ISBN 978-89-546-5788-4 03810

* 이 도서의 국립중앙도서관 출판예정도서목록(CIP)은 서지정보유통지원시스템 홈페이지(http://seoji.nl.go.kr)와 국가자료공동목록시스템(http://www.nl.go.kr/kolisnet)에서 이용하실 수 있습니다.
(CIP제어번호: CIP2019035386)